D1719434

**Laure Decourchelle**

# FRACTURES

**Nouvelles**

ISBN : 979-10-388-0160-8
Collection : Blanche
ISSN : 2416-4259
Dépôt Légal : juin 2021



Editions Ex Æquo
6 rue des Sybilles
88370 Plombières les Bains
www.editions-exæquo.com

Je souhaiterai dire un grand, grand merci à Sarah et Martial, mes premiers fans, merci, les amis !
Vincent, David et Laurent pour avoir boosté mon ego et Matthieu qui, sans le savoir, m'a remis le pied à l'étrier.

L.D

# GOGOLITA

# 1

Dans la vie, il existe deux catégories de personnes : celles qui considèrent leurs années collège comme une période difficile de leur existence – si ce n'est la pire – et les autres. Pour ma part et aujourd'hui encore, je n'ai pas décidé dans quelle catégorie je devais me situer. Ce que je sais, c'est que même à des milliers de kilomètres, je rêve toujours du Gérard[1] – encore que pas souvent, même si je trouve que la fréquence a augmenté ces deux dernières années – et dans la grande majorité des cas, ce n'est pas à propos de ce qui s'est passé à la galerie d'art, ni même ce mercredi au club photo. Non, je rêve d'elle, nous sommes assises l'une à côté de l'autre sur le muret qui court devant la vie scolaire, le ciel bas de février posé au-dessus de nous comme un couvercle, elle parle, vite comme à l'accoutumée, je ne l'écoute pas, mais je la dévore des yeux. Les autres rêves sont de mauvais rêves, des docu-fictions où Alexis et elle sont ensemble et font des choses, ou bien c'est le jour de l'exposition, mais en pire… Et puis il y a ce cauchemar où je nous revois toutes les deux dans la cour du collège, le temps est au beau fixe, car nous approchons des grandes vacances d'été, elle se tient debout devant moi, les pieds bien campés au sol comme un boxeur, ses yeux d'ordinaire placides lancent des éclairs, et cette fois-ci lorsqu'elle parle, je l'écoute et ce qu'elle dit me fait peur. Non, c'est faux… en fait, je suis terrorisée, terrorisée et dévastée. Ces fois-là, lorsque je me réveille, la mâchoire douloureuse d'avoir trop serré des dents dans mon sommeil, je suis soulagée que tout ça soit derrière moi… Mais parfois aussi, tandis qu'encore engluée dans la toile du passé je reste assise dans mon immense lit depuis lequel je peux voir

---

[1] Gérard Yvon : collège de Vendôme (41).

Central Park et derrière, l'Hudson River, loin, loin du Gérard et de cette vie que trouvais étriquée et misérable, le soulagement laisse place à une infinie nostalgie de cette période où je ne m'étais jamais sentie plus vivante que durant ces jours et ces nuits où me branlant rageusement, je pensais à elle.

## 2

Le Gérard Yvon à Vendôme était un assez gros collège : pas loin de six cents élèves, une architecture de béton amer, des fenêtres qui quadrillaient tout l'édifice comme les yeux d'un insecte et une cour qui ressemblait à un parking de boîte de nuit. J'étais une élève populaire : brillante, discrète, mais bonne camarade, des pommettes hautes et de grands yeux bruns, des cheveux dorés comme les blés mûrs, une jolie silhouette... Un visage de poupée, quoiqu'un nez un peu long... Un canon et une chouette fille. Par ailleurs, j'ai toujours eu le sens de l'élégance et heureusement, car mon petit côté BCBG je ne risquais pas de le tenir de mes parents : ma mère, mi-femme au foyer, mi-meuble avait autant de style qu'une choucroute en boîte et mon père était chaudronnier. Rien à voir avec les parents de mes « amies » : médecins, notaires, entrepreneurs... Tous notables à Vendôme... Tous au Lion's Club... Tous des connards condescendants... Je les détestais, mais je méprisais encore plus les miens. Petite déjà, je rêvais en lisant le petit *Lord Fauntleroy*, Anastasia... tous les bouquins de Roal Dahl qui parlaient de ces gosses qui finissaient par vivre autre chose que ce que leur présageait leur début merdique dans la vie. Avec le temps, en ne voyant venir ni serviteur Hindou comme dans *Little Princess* ni couple de chirurgiens en quête de leur bébé échangé à la maternité, j'ai fini par accepter de devoir travailler cent fois plus dur que le monde entier. Putain de pauvres.

Il faisait chaud et terriblement beau cette rentrée scolaire 1994, ce qui donnait le sentiment que ce début de nouvelle année qui augurait de nous voir enfermés dans des classes pendant les dix prochains mois n'était qu'une énorme farce... On sortait les fournitures de la liste, on ouvrait nos classeurs et on copiait nos nouveaux emplois du temps, mais sans conviction parce que dehors, l'été se prolongeait et nos fringues n'étaient pas les nouvelles achetées exprès pour la rentrée à l'Intermarché, mais celles qu'on portait deux jours avant sur la plage ou aux camps de vacances. Même moi qui prenais l'école et plus encore cette année de brevet au sérieux, je n'étais pas dedans. J'avais encore la tête du côté d'Avignon, au camp de vacances des CMA avec lesquels j'avais passé trois semaines et je me rappelais de tous les garçons et les filles de ce camp sur lequel j'avais régné comme une petite reine des bois. En classe, je tripotais sans cesse le bracelet brésilien que Marc, un moniteur, m'avait offert lors d'une veillée comme si c'était une alliance. Je repensais à l'effet que je lui avais fait à lui, mais aussi à tous les gars du camp, particulièrement lorsque l'on partait se baigner au lac et que j'exhibais ce haut de bikini qui cachait tant bien que mal une poitrine somme toute assez banale pour une strip-teaseuse, moins pour une jeune fille de quinze ans aux épaules frêles... Je me souvenais des regards que je provoquais chez les autres : douloureux, éperdus, haineux... À moi seule, j'étais un véritable manège à émotions. Je ne m'étais jamais sentie plus exaltée que cet été-là lorsque j'avais fait pleurer cet idiot en lui disant que je préférais sortir avec un garçon de mon âge ou lorsque j'avais convaincu cette fille de se faire toucher par des gars en échange d'un peu de fric, la persuadant que les garçons donneraient n'importe quoi, ne serait-ce que pour voir ses seins, que c'était parce qu'elle était plus sensuelle et plus mature que les autres filles et qu'il vaudrait mieux que cela reste entre nous parce qu'elles ne comprendraient pas et pourraient être jalouses... Quelle conne ! Avec l'argent, j'ai acheté une bouteille de Malibu Coco et des bonbecs qu'on s'est partagés toutes les deux la veille du départ en parlant de tout et surtout de rien… C'est marrant comme les choses ne tournent jamais comme vous les imaginiez : j'avais très sérieusement envisagé de perdre mon pucelage durant ce camp, les détails étaient flous, mais je comptais ramener dans mon sac à dos, entre les sachets de lavande et d'herbes de Provence, le souvenir de ce moment particulier où je découvrais enfin que ce bout de chair entre mes cuisses avait plus de sensibilité qu'un morceau de liège. Je me masturbais depuis l'âge de douze ans avec pour seul résultat des irritations et une grande perplexité ; je pétrissais ma poitrine en faisant des cercles de salive sur les mamelons, mais j'avais plus l'impression de malmener des sacs de viande que de m'exciter. À cette époque j'essayais un paquet de trucs copiés sur les films X, mais je ne ressentais rien. Je faisais tout ça parce que mes copines étaient de vraies chaudières : à treize ans elles se masturbaient avec les vibromasseurs de leur mère, à quinze, elles étaient envoyées en pension pour s'être fait prendre à tailler des pipes à leurs cousins. Elles n'étaient pas nymphomanes ni rien. C'est juste qu'elles s'amusaient. Elles buvaient, fumaient et trouvaient ça drôle de se branler avec un concombre et de la crème Nivéa. Elles étaient scandaleuses et hautaines, libérées et vibrantes, fascinantes et sensuelles. Moi, je n'étais que hautaine. Je voulais être comme elles, depuis toujours, mais quoi que je fasse, quel que soit le jean que je portais, la coupe au carré que j'arborais, la manière affectée avec laquelle je crapotais les Winston, je n'étais pas des leurs. Au moindre choc, le faux vernis BCBG craquelait et apparaissait la fille du meuble en bois massif et du chaudronnier, celle qui faisait ses devoirs sur un coin de la nappe cirée de la cuisine parce qu'elle n'avait pas de chambre à elle, celle qui s'était acheté une croix en argent fin pour faire croire que Jésus aussi était dans le camp des pauvres (ce qui était faux bien sûr, Jésus ne trinquait qu'avec les riches), celle qui n'invitait jamais personne chez elle parce qu'elle aurait préféré se pendre plutôt que montrer ses parents, Valoche et J-P, fans inconditionnels d'Alain Barrière et de l'emplacement A103 du camping « Les roches mousseuses » dans le Lubéron… Autant visiter Thoiry.

Des caricatures se rencontrant ne pouvaient donner qu'une rencontre caricaturale... Je voulais être cool et flamboyante, mais je ne me voyais pas pour autant jouer à touche pipi avec un demeuré de la ville : une fellation faite par une jeune fille en robe blanche dans un château de la Loire, ça avait toujours plus de classe qu'une branlette à Michael à l'arrêt de bus. Sauf que pour une fille comme moi, il n'y avait que des Michael et des arrêts de bus, et dans ces petites villes mesquines, étriquées, les réputations se font, mais se défont rarement : il y a des codes, des règles à respecter, une salope bourgeoise sera une Lady Chatterley, une salope pauvre sera toujours une putain de salope. On ne jouait pas avec le même jeu entre les mains. Aussi, quand mes parents m'annoncèrent que je partais en camp de vacances pendant trois semaines, j'y ai vu une occasion de mettre en pratique ce que Canal + et Play-boy m'avaient appris, loin de Vendôme et du Gérard, d'avoir un wagon d'avance sur ces garces et de faire enfin partie du cercle. Je pensais que ramener dans mes bagages un 69 ou un plan à deux à raconter serait toujours plus flamboyant qu'un pompier à Jean-Eudes au mariage de la cousine Eugénie... Là-bas, j'ai aussitôt jeté mon dévolu sur le moniteur des louveteaux. Il était mignon et jouait de la guitare, mais surtout il était moniteur. Est-ce qu'il me plaisait ? Non. Et j'ai aussi très vite compris que je n'aimais pas vraiment ça, je faisais les choses d'une manière mécanique : ouvrir la bouche, mais pas trop, glisser la langue délicatement et faire tourner, peu importe le sens, caresser les cheveux, les cuisses, j'étais un robot. Un soir lassée de ne rien ressentir, j'ai sorti sa bite et j'ai craché dans ma paume en la faisant glisser de haut en bas ; je me souviens du durcissement palpitant dans mon poing et son regard vitreux, ses lèvres entr'ouvertes dans une grimace grotesque, le gars mignon et sensible qui ourlait des yeux en jouant de la guitare à la veillée était devenu une marionnette pitoyable. Quand il a joui, les spasmes secouèrent sa poitrine comme s'il s'électrocutait. Je l'ai trouvé pathétique et je me souviens avoir pensé que même ces giclées paresseuses l'étaient. Alors, j'ai décidé de ne pas le laisser me dépuceler. Le lendemain, je le larguai et décidai de partir à la recherche de celui qui ferait tilter mon clitoris comme l'extra balle. Je ne l'ai pas trouvé et je ne ramenais rien dans mon sac à dos cet été-là, rien d'avouable en tout cas. Mais à la fin de ces trois semaines, j'eus deux convictions : la première, que je ne serais jamais une femme-buffet condamnée à traîner la pantoufle dans un pavillon minable, la deuxième que je n'étais pas loin d'être frigide. Dans les deux cas, ça m'allait. Je n'aime pas le sexe, pas seulement cette façon qu'il a de ravaler les gens à ce qu'ils sont de plus méprisables, mais aussi les corps, les chairs flasques qui s'entrechoquent dans des bruits de flac-flac, ça pendouille, ça suinte, ça s'enflamme, ça pend de la langue, on dirait un abattoir. Le sexe vous perturbe, vous fait perdre le contrôle… Je n'aime pas l'être qu'il révèle en nous. Les animaux pratiquent la reproduction mus par l'instinct de survie de leur espèce, nous on se met à quatre pattes en écartant les fesses avec nos mains en suppliant l'autre de nous faire mal….

Finalement, une seule de ces deux convictions se trouva être vraisemblable.

## 3

Cette rentrée-là, notre petit cercle de pimbêches avait rétréci comme peau de chagrin, les jumelles de la Pharmacie Serre et Marie-Louise passeraient leur année de brevet dans un établissement plus conforme avec les valeurs de leur famille, façon bourgeoise de dire qu'ils allaient devoir brider ces petites crétines, mais qu'ils préféraient confier ce travail à des experts : les religieuses de St Benoît, collège où j'avais toujours rêvé d'aller, car loin, c'était plus facile de s'inventer une autre vie. On s'était dit au revoir assez froidement et je réalisais que le dernier échange sincèrement amical qu'il y avait eu entre Marie-Louise et moi remontait à la cinquième, lorsque que l'on s'écrivait des mots dans nos cahiers de textes avec des stylos parfumés et ces récréations que l'on passait à parler de ce tour d'Australie à vélo que l'on ferait ensemble et cette grande maison avec piscine que l'on partagerait et ce job qu'on aurait aussi ensemble, un restaurant pourquoi pas, où je cuisinerais et elle ferait la décoration de la salle et l'accueil des clients grâce à son niveau d'anglais « *amazing* »... Et puis l'été suivant, ce petit monde chouette et réconfortant s'était écroulé : de nouvelles amies plus sophistiquées étaient apparues à la villa de Biarritz et au centre équestre et on m'avait fait comprendre que je ne faisais pas le poids avec mes deux mois passés entre le centre aéré de la ville et le camping « Les Mousses Rocheuses », que je n'avais jamais fait le poids finalement. Malgré tout, cette année-là, j'ai continué à traîner avec elles – enfin, c'est plutôt elles qui me traînaient – parce que je les admirais depuis toujours et que je voulais leur ressembler et puis parce que j'avais une haute opinion de moi-même, alors j'ai essayé de ne pas montrer que je les suivais comme un petit toutou, mais c'était dur parce qu'elles me tournaient de plus en plus le dos. Dans ce nouveau cénacle, je n'avais pas ma place, je n'avais aucun voyage exotique et *fun* à raconter – sauf si le Lubéron était devenu la nouvelle destination à la mode –, aucune fête *cool* durant laquelle j'avais bu du mauvais vin en ricanant devant un film porno *gay*, aucun parent qui m'avait punie à rester dans ma chambre de 30 m² comme une princesse scandaleuse... Rien, parce que j'étais une putain de pauvre et tandis que les autres me donnaient l'impression de faire des pas de géant dans la vie, moi, je stagnais, entre Alain Barrière et la vieille guitoune bleue, emplacement 103. Mais j'étais jolie, belle même et maligne comme un singe et je traînais derrière moi comme une queue de comète des fans, mâles et femelles, qui faisaient du bien à l'ego de ce merveilleux petit groupe où, une belle fille c'était mieux dedans que dehors, raison pour laquelle on me tolérait du bout des lèvres, mais déjà je savais qu'à la rentrée d'après il y aurait des coupes franches, le groupe n'existerait plus ou en tout cas plus avec moi.

En réalité, l'annonce de leur départ ne me fit ni chaud ni froid, au contraire : le camp m'avait redonné du poil de la bête et j'avais déjà dans l'idée de faire dissidence, pourquoi pas avoir ma cour à moi... J'avais aussi envie d'être seule, de m'entendre penser pour une fois. En fait, je ne savais pas trop ce que je voulais.

# 4

Les quinze premiers jours de septembre furent un calvaire : je tournais en rond comme un lion en cage, j'enrageais d'être là, de retour dans cette ville minable, entourée de gens médiocres ; je bouillais d'être la reine d'un royaume aussi naze. Je voulais un diadème plus prestigieux que la fille la plus jolie ou la plus douée en maths du bahut et en même temps je voulais être la reine de personne. Je ressassais le souvenir du camp comme une actrice sur la touche sa gloire passée. Et un jour, je la vis plantée, les bras ballants au milieu de la cour en train de cuire sous le soleil comme une laitue déshydratée. Gogolita... c'est le premier mot qui m'est venu à l'esprit. Des cheveux mi-longs, couleur queue de bœuf, fins et gras s'étalaient en boucles sur ses épaules massives et voûtées, un nez long et disgracieux, des petits yeux rapprochés et une peau épaisse couleur manouche... Le plus laid était le bas de son visage : sa bouche, béguë, aux lèvres décolorées et petites, et son menton en galoche... Une vraie mocheté de conte de fées. Elle portait un débardeur pastel à fines bretelles et un bas de jogging rose. Au niveau des fesses, une serviette hygiénique tendait le tissu. C'était une SES, comprenez Sous Espèce Siphonnée qui, dans la hiérarchie des débiles, se plaçait un milliard de crans au-dessous des CPPN – Crétins Presque Normaux –. Le SES était la lie du collège, on y trouvait de tout : du trisomique, du futur violeur et même du nain. Si les CPPN portaient l'ambition d'aller un de ces jours grossir les bancs d'un lycée professionnel, les SES, eux, finissaient soit en taule soit dans un HP. Au Gérard, ils étaient une dizaine pour trois ou quatre profs qui avaient l'air aussi bizarres que leurs élèves : ils avaient tous des têtes d'activistes du Larzac et les rares fois où on les voyait traîner du côté de la salle des profs, on aurait cru des loups lâchés dans la bergerie. Les SES étaient à part, on ne les croisait jamais dans les couloirs, car leurs salles se trouvaient dans un bâtiment annexe à côté des salles de technologie et du réfectoire ; leurs cases peintes au sol pour les rangs étaient aussi à l'écart, juste sous les fenêtres de la CPE et ils mangeaient et sortaient plus tôt que nous. On ne les voyait qu'à la récréation du midi et là on les évitait comme la peste parce qu'ils avaient une réputation de cinglés et même les plus moustachus des 3èmes ne venaient pas leur chercher des noises. Je me rappelle en 6ème d'un gars qui m'avait demandé devant tout le monde si je suçais pour un BN, ça l'avait bien fait rire avec ses copains et moi j'avais rougi, car même si je ne savais pas de quoi il parlait, je savais que c'était dégueulasse... Il m'avait terrifié jusqu'à la fin de l'année. En 3ème, les SES ne me faisaient plus peur, plus personne ne me faisait peur et question bites, j'en connaissais certainement plus que ces connards. Gogolita avait, comme la plupart des élèves de sa classe, les stigmates de la crétinerie congénitale, mais elle avait quelque chose en plus, ou plutôt en moins, elle avait un regard doux et égaré comme celui d'une biche prise dans les feux d'une bagnole. J'ai eu le coup de foudre.

En octobre, j'allais mieux. J'avais été élue déléguée de ma classe, je m'étais portée volontaire pour être référente du tutorat des 4èmes-3èmes ; j'avais fait une demande argumentée auprès du proviseur pour monter un club photo : les CMA m'avaient appris quelques bricoles sur le développement des pellicules et le tirage de l'argentique et je savais que du matériel prenait l'humidité dans les placards. J'étais hyperactive, mais ça ne m'empêchait pas de penser à Gogolita… Tout le temps… Je ne lui avais jamais parlé évidemment, mais je la matais, dans la cour, dans les rangs… J'avais appris qui était son frère, Arnaud (on suivait le même cours d'anglais renforcé) et on avait un peu discuté : sa famille avait débarqué à Azé — un patelin perdu au milieu des vaches à dix kilomètres de Vendôme — durant l'été, le père avait intégré l'usine où le mien travaillait et la mère avait un boulot de cantinière à l'hôpital. Il y avait aussi un petit frère, en primaire, qui d'après ce que j'avais vu à la sortie du collège, n'avait pas l'air très frais non plus. Arnaud allait la voir à chaque récré, il avait l'air protecteur et attentif, il la faisait rire. En décembre, il y eut le bal du collège durant lequel je fus élue « Reine du Gérard ». Je brillais de mille feux ! Pour la première fois de ma vie, j'étais heureuse — pas satisfaite, pas contente, pas repue —, heureuse, détendue… Même avec mes parents, ça allait mieux, je tolérais leur conversation inepte sur fond de Top 50 ou leur silence béat sur fond de Patrick Sabatier… Tolérer n'est pas le mot… En réalité, j'étais absente, un « *ghost* »… Avant, je claquais les portes et j'avais des moues hautaines apprises à l'école des petites garces BCBG, mais à cette époque j'étais murée dans mes fantasmes qui étaient un mélange de diadème, de bonnes notes et d'elle. Elle était mon secret, noir et chaud que j'enfouissais dans les tréfonds de mon âme, à côté de celui que j'avais ramené cet été-là avec le savon à la lavande et la boîte d'herbes de Provence et que je ne révélai à personne — Grand Dieu non — ce souvenir du camp où, cachée derrière le mur des sanitaires avec des pièces de dix balles plein les poches de mon short, je regardais cette fille se trémousser et pousser des petits gémissements sous les mains du gars à qui c'était le tour, et ses seins lourds aux larges aréoles brunes tressauter comme les muscles des canassons sous les piqûres des mouches et que la nuit allongée dans mon lit, lorsque ces images me revenaient, c'était moi le garçon et alors une chaleur irradiait mon bas-ventre et pesait dans mon vagin comme un bouchon à demi-enfoncé. J'avais ramené ça dans mon sac à dos...

# 5

Un samedi de janvier, peu avant la fin des vacances, je rentrais à la maison et ce fut comme lorsqu'à cinq ans, j'avais découvert sous le sapin le Kiki géant que je voulais le plus au monde : elle était là, assise dans le canapé de mon salon et caressait Jill, le Yorkshire de la maison, – ou plutôt celui de ma mère –. On aurait dit un tableau de Goya. Elle a levé ses yeux de velours vers moi et m'a souri. Elle a murmuré un truc comme « Il est mignon », mais je n'ai pas bien compris, car on aurait dit une camée sans dents. Je me suis assise à côté d'elle et Jill, qui n'avait jamais pu me sacquer, se mit à grogner sourdement. Pour l'apaiser, Gogolita se mit à la caresser plus fort sur la tête, faisant ressortir dangereusement ses globes oculaires. Je ne l'avais jamais vue de si près : sa peau était grumeleuse avec des pores dilatés, elle portait la coiffure la plus improbable de l'histoire de la coiffure – une demi-queue haute avec un serre-tête en plastique rose – ses larges cuisses étaient enserrées dans un fuseau violet qui jurait avec un pull jacquard noir et blanc ; elle sentait la transpiration, un mélange de soupe aux poireaux et de boudin noir... Elle était laide, mais son regard doux éclipsait presque tout le reste. À cet instant, j'ai basculé : le secret noir des CMA a pris les couleurs moirées et violentes d'un désir que je ne contrôlais pas. Je lui ai souri et probablement mon sourire ne reflétait-il pas le désir carnassier que je lui portais ou peut-être était-elle tout simplement trop débile pour le remarquer, toujours est-il que ce jour-là, je la mis dans ma poche. Et je me dis souvent que si Jill avait su communiquer avec elle, elle lui aurait dit de faire gaffe... Les chiens sont parfois moins cons que leur maître et dans son cas, ce n'était pas excessivement dur…

Pour la petite histoire, mon père avait fini par se lier d'amitié avec le père Verdier, au point qu'un soir il invitât toute sa petite famille à dîner. Je ne sais pas trop ce qui les avait rapprochés… Probablement, l'amour des meubles massifs et des boissons anisées. La mère était une petite chose qui puait le cendrier froid, le père un connard avec l'œil égrillard constamment posé sur ton cul ou tes seins, le petit frère n'avait rien de remarquable excepté une belle « gueule en biais » comme on dit par ici et Arnaud, pour une raison inconnue, était absent. Le dîner fut horrible, mélange de conversation de comptoir PMU, caricatures de Bidochons et de pensées constamment tournées vers elle. Je touchais le fond du seau à merde et pourtant rien ne me décidait à taper du pied et à remonter à la surface et à la fin du repas, je décidai que je l'aurais… mais je ne savais pas qu'elle m'aurait aussi.

## 6

En mars, le club photo entre midi et deux battait son plein à la grande fierté de Mr Delmas, le proviseur, qui nous avait commandé une exposition pour la fin de l'année. J'étais une bonne pédagogue, mais pas une très bonne photographe. Mais j'adorais ça. Avant l'avènement des appareils numériques, les Réflex étaient de vrais Kinder surprise et les surprises étaient quelquefois vraiment bonnes. Je faisais principalement des paysages du Loir et des portraits et aussi un truc que j'avais découvert par hasard : j'impressionnais deux fois la pellicule, ce qui donnait lieu à des images hybrides parfois géniales : joueurs d'échecs et cheval, bâtiment en construction et bras de rivière, petite sœur et chat crevé… Lorsque l'image se révélait dans le produit, j'avais l'impression de voir de la magie à l'œuvre. Le thème de l'expo était « La différence au collège, une richesse à cultiver », ce qui m'avait valu d'être portée aux nues par la salle des profs tout entière ; je voulais faire des portraits : des SES, des gros, des petits, des beaux, des binoclards, des becs-de-lièvre, des Noirs, des Arabes, le prof de biologie en fauteuil roulant, la fille de cuisine rouquine et autres handicapés de la normalité... Du coup à la récré, je m'autorisai à aller parler à Gogolita, ce qui un an auparavant aurait été impensable, mais comme désormais je faisais dans l'entraide et la solidarité, on voyait ça comme une mission humanitaire. J'étais devenue la Mère Térésa du Gérard Yvon.

Elle parlait beaucoup, un vrai moulin à paroles, mais je ne comprenais rien la plupart du temps, car elle butait sur les mots et aussi parce qu'elle était con comme une pelle, mais cela n'avait aucune espèce d'importance puisque je ne l'écoutais pas, je la regardais. Parfois, elle me faisait des câlins maladroits et brusques et son corps était comme un bloc de chair compact sous ses pulls informes ; elle me faisait penser à un poupon en plastique. Un poupon pour adulte... Un jour, je lui demandai de poser pour moi... hors exposition. Avec le recul, je me demande si je n'avais pas choisi le thème dans l'unique but de l'attraper avec mon objectif... et de l'attraper tout court. On faisait ça au collège, dans le studio derrière le labo qu'on avait monté avec des draps blancs et des lampes de bureau. Elle aimait que je la prenne en photo, surtout parce que je la maquillais : elle se trouvait belle. Je ne la contredisais pas, au contraire, et séance après séance, je lui disais qu'elle était jolie, qu'elle avait des yeux époustouflants et que les garçons de sa classe devaient se battre pour sortir avec elle, ce à quoi elle bougonnait qu'ils étaient tous moches et bêtes et qu'ils préféraient de toute façon Sonia Letourneux parce qu'elle avait de gros seins... Je lui rétorquais l'air de rien qu'elle avait un très joli corps, mais peut-être devait-elle le mettre davantage en valeur, avec des t-shirts qui souligneraient un peu plus sa poitrine par exemple et que si elle voulait, je pourrais lui en donner qui ne m'allaient plus. Je ramenais alors des t-shirts que j'avais évidemment achetés, mais elle était tellement con qu'elle ne remarquait pas la différence de nos tailles, des débardeurs et des hauts moulants qui faisaient ressortir ses seins en poires et je lui rappelai qu'elle ne pouvait les porter qu'ici, au club, pour les photos, parce que sa mère ne serait peut-être pas d'accord qu'elle porte ce genre de vêtements, lui expliquant que parfois les mères préféraient continuer d'habiller leurs filles avec des fringues de gamines parce qu'elles n'acceptaient pas qu'elles soient devenues des femmes même lorsqu'elles avaient seize ans et qu'elles portaient des soutifs. Je lui répétais sans cesse qu'elle avait de la chance d'avoir un tel physique et qu'elle devait en faire des jalouses… Elle a fini par le croire… Devant mon objectif, elle prenait la pose et faisait la moue. Elle était ridicule et d'aucuns l'auraient trouvée sinon charmante, du moins émouvante, moi je la trouvais pathétique, vulnérable et… excitante. Est-ce que une seule fois j'ai voulu faire marche arrière ? Non. Durant cette période, je me suis demandé si mes salopes de copines m'auraient comprise, peut-être Marie-Louise… Après tout, on l'avait mise dans le privé pour avoir – entre autres – sucé ses cousins (dont un de douze ans). Le seul risque à St Benoit était qu'elle prenne goût à la badine… Croyez-le si vous le voulez, mais cette fille (de chirurgien), qui à l'époque avait pour seule ambition l'argent et regarder la manière dont le monde tournait autour d'elle, cette fille est aujourd'hui directrice de centre de loisirs dans une petite commune des Pyrénées et aux dernières nouvelles, elle se réjouissait de son projet de ferme pédagogique et de son potager bio intégrés au centre… Sauf que le naturel revient toujours au triple galop et tu peux bien te coller un autocollant WWF au cul si tu veux et défiler une pancarte à la main, tes cheveux passés au henné au vent pour délivrer les poules de leur cage, garce tu as été, garce tu resteras et je n'ai aucune peine à imaginer la manière dont elle règne aujourd'hui sur une équipe de jeunes animateurs payés au lance-pierres… C'est comme ça : on fait avec ce qu'on est.

# 7

En principe, le collège n'accueillait aucune activité les mercredis après-midi, mais il était ouvert toutes les deux semaines pour les élèves collés. J'avais demandé à Delmas la permission d'aller au studio un mercredi de « non-collés » prétextant des photos à tirer d'urgence en vue de l'exposition et il avait refusé, car ces mercredis-là, seule l'administration était ouverte et elle ne pouvait pas avoir la responsabilité de surveiller une élève. Les mercredis de collés, en plus de l'administration il y avait Mme Simoès la gardienne, Mme Cornu la CPE, et des pions. Ce mercredi-là, la surveillante était Machine qu'on surnommait Bamboula à cause de ses lèvres épaisses. Je suis allée me présenter à la mère Cornu en lui disant que j'en avais pour deux ou trois heures et que je n'oublierais pas de passer déposer les clefs chez Mme Simoès en partant. Gogolita m'attendait, cachée dans les toilettes comme je lui avais demandé. La vieille Simoès l'avait peut-être vue ou pas, vu qu'elle ne voyait rien à deux mètres sans ses carreaux qu'elle ne portait jamais sauf au bout d'un cordon sur sa poitrine pour ne pas dépareiller avec son magnifique visage ; mais d'elle, je m'en foutais, c'était des autres qu'il importait qu'elle se cache… À ses parents, elle avait pipoté un après-midi chez moi, ce qui n'était pas absolument faux puisque je comptais la ramener à la maison vers 16 heures, une heure environ avant que ma mère ne se pointe avec ma sœur qui rentrait de son cours de danse. Il existait, bien sûr, le risque du coup fil inopiné, mais j'y croyais peu… J'avais à peu près tout prévu et quand j'y repense, je me demande encore pourquoi j'avais choisi de faire ça au collège…

Personne ne nous avait vus monter les étages et nous faufiler dans le studio. J'avais dit à Gogolita qu'elle n'avait pas le droit d'être là et qu'on devait être discrètes dans les couloirs, du coup elle prenait ça comme un jeu et pouffait exagérément dans ses mains en plissant des yeux comme un Chinois de BD. Dans les escaliers, je sentais mon cœur s'affoler et mes mains moites glisser sur la rampe. Aujourd'hui encore, je me souviens de tout ou à peu près de cet après-midi-là, de nos semelles couinant dans le silence assourdissant des couloirs déserts, l'odeur du détergent à base de savon de Marseille… Nous ne rencontrâmes personne, à croire que Dieu la crapule lui-même voulait que ça arrive. Arrivée à la porte du club, je me rappelle avoir contemplé le dessin du grain de la peinture pendant un moment au point d'avoir tatoué les circonvolutions des gouttes dans mon esprit et encore maintenant il suffit que je ferme les yeux pour les voir, et je me disais devant cette porte grise que peut-être, Sébastien ou Emmanuelle avaient décidé de venir ce mercredi, que Delmas avait accepté puisqu'il était prévu que j'y sois… en fait, je crois qu'une part en moi, peut-être minuscule, avait envie qu'ils soient là. J'ai glissé la clef dans la serrure qui ne trouva aucune résistance.

Le club était découpé en deux salles, on entrait en premier dans le labo qui était composé de quatre tables placées contre le mur avec les deux agrandisseurs, d'un placard qui fermait à clef avec le papier, les produits et les spirales à développer les pellicules et d'une table au centre, avec trois bacs et des pinces en plastique. Au fond, un lavabo servait à rincer le matériel. On accédait au studio par une porte à côté du lavabo. Le studio fermait à clef, une clef que — en tant que présidente du club — j'étais la seule à posséder (l'administration avait un double du labo, mais pas du studio). Le problème dans cette configuration, outre l'étroitesse qui obligeait à n'être pas plus de deux dans le labo, était que lorsque l'on se trouvait dans le studio, si quelqu'un développait à côté, on était obligé d'attendre qu'il ait terminé. Les autres n'aimaient pas utiliser le studio pour cette raison et aussi parce que dans le studio, il fallait savoir travailler la lumière artificielle. J'ai fermé la porte du labo à clef en prenant soin de la laisser dans la serrure, puis nous sommes entrées dans le studio. La salle était grande et vétuste, les murs humides laissaient voir du plâtre par endroit et la seule ouverture était une fenêtre étroite donnant sur l'entrée principale du collège et plus loin le quartier pavillonnaire voisin. Un paravent donné par la prof de dessin et sur lequel on avait punaisé des draps jusqu'au sol servait de fond blanc et des lampes de bureau placées tout autour parachevaient le tout. J'avais fabriqué des réflecteurs avec un cerceau en plastique et du papier d'alu et j'avais commandé un compte-pose que j'étais la seule à savoir utiliser. J'étais très fière de ce studio, c'était le seul endroit qui était à moi, que je ne devais partager avec personne ou presque. Dans le studio, je respirais déjà mieux même si le reste me rendait nerveuse. Gogolita continuait de ricaner comme une bécasse et je me demandais, peut-être pour la centième fois depuis que je la connaissais, pourquoi elle n'était pas dans un institut spécialisé... à côté d'elle la plupart des gens de sa classe avait l'air de prix Nobel. J'ai sorti une couverture de mon sac que j'ai étalée par terre au milieu de la salle et j'ai déballé mes affaires. J'avais pris des CD (de la dance parce qu'elle adorait ce genre de musique), des barres chocolatées, des fringues, des magazines et mon Réflex. Quand elle a vu les compil' de dance, elle a battu des mains, les coudes collés au torse comme un phoque de Seaworld, mais lorsqu'elle vu les Mars et les Nuts, elle a trépigné en poussant des petits cris d'extase, sa bouche fermée comme pour faire un bisou, les seins tressautant sous son t-shirt bariolé. Elle avait un rapport bizarre avec la nourriture, qui n'était ni un rapport d'alimentation normale ni du plaisir outrancier : elle se gavait sans émotion et sans que rien ne semble pouvoir l'arrêter ; quand elle mangeait chez nous, sa mère lui interdisait de se resservir et restreignait le pain, l'obligeant à essuyer son assiette avec son doigt ce qui l'exaspérait encore plus. Elle ne mâchait presque pas les aliments et les avalait comme si sa bouche n'était qu'une pompe à merde. Je lui ai dit de prendre une barre si ça lui faisait plaisir, mais qu'après on se mettrait au travail. Elle boulotta un Mars tandis que je glissais un CD dans le poste quémandé à Delmas. Je me suis mise à plat ventre sur le plaid où j'avais étalé des revues pour ado parmi lesquelles j'avais négligemment glissé des Play-boys et je feuilletais un magazine, peut-être OK Podium. Elle s'est assise à côté de moi et on a commencé à commenter les stars et leur maquillage, leurs fringues… Elle adorait Vanessa Paradis, ses longs cheveux raides, son look, mais elle n'aimait pas ses dents écartées. Sur un des magazines, elle posait, affalée dans un fauteuil, en mini-short, talons hauts et veste de smoking à demi ouverte sur une poitrine plate, la moue écarlate et ridicule, une gamine de seize ans qui montrait à d'autres gamines que ressembler à une pute haut de gamme de trente ans, c'était cool. La seule différence d'avec aujourd'hui, c'est que la crise oblige les gens à revoir leurs exigences à la baisse, le *discount* se généralise et remplace le haut de gamme, mais ce qui ne change pas, c'est que les petites filles veulent toujours, à un moment ou un autre, ressembler à des putes… Elle était là, à regarder cette fille lascive en ne cessant de répéter, avec sa façon particulière de buter sur les mots, combien elle était belle et qu'elle aurait aimé lui ressembler et moi je la regardais, le cœur battant, excitée par son odeur, sa laideur, ses faiblesses…. J'ai commencé à la ferrer.

## 8

— Elle est trop belle…

— Mouais, mais regarde, elle n'a pas de poitrine et elle a des cuisses de sauterelle, c'est une gamine, elle a besoin de se déguiser pour ressembler à une femme…

— Oui, mais elle a de beaux cheveux et elle a un beau maquillage

— Elle a besoin d'en faire des caisses parce qu'elle a un corps de garçon…

— Quand elle met des robes, on dirait pas un garçon

— Elle porte des soutifs rembourrés, tu sais les garçons aiment les filles qui ont des formes naturelles... comme toi... pas des limandes.

— C'est quoi des limandes ?

— Des poissons tout plats...

Pendant nos bavardages, je feuilletais un Play-boy, l'air de rien, comme si c'était un catalogue des 3 Suisses, mais en réalité je guettais sa réaction, je voulais voir, tandis que s'étalaient sur le papier glacé des filles plus mamelues les unes que les autres en petite tenue ou en rien, si elle rougissait ou pas, si elle était gênée ou... le contraire.

Je m'arrêtais sur une blonde souriante, avec un chapeau de cow-boy, des seins lourds et le sexe à l'air. Elle avait l'air d'être la fille la plus satisfaite au monde de son épilation intégrale... Je regardai Gogolita du coin de l'œil qui était restée muette, mais n'avait pas détourné le regard. Je me suis levée pour changer le CD et elle se mit à feuilleter le magazine en mouillant le bas des pages avec son majeur humecté, comme les vieux. Elle s'arrêtait sur certaines photos, passait son doigt sur des fesses, des seins, des cheveux... Je me souviens de son profil, le menton et la bouche en galoche se découpant parfaitement sur le fond blanc comme dans un théâtre d'ombres où elle aurait eu le rôle de la vilaine sorcière. Je me rappelle aujourd'hui du morceau qui passait sur le lecteur à ce moment-là et je me rappelle m'être dit que ça y est, on y était...

## 9

Elle a refermé le Play-boy, s'est tournée vers moi et elle a dit : « Moi aussi, je peux faire ça ». Elle s'est déshabillée aussi simplement que si elle allait prendre un bain, a posé son cul sur le fond blanc et a pris la pose. Son corps était plus musclé que ses vêtements ne le laissaient supposer et les mamelons durcis rendaient ses seins en poire plus jolis. J'ai allumé les lampes et mis tant bien que mal une pellicule dans mon appareil, car mon cœur s'était mis à battre la chamade et mes mains tremblaient. J'aurais aimé la maquiller et la coiffer, mais je ne voulais plus la toucher alors qu'elle était à poil. J'ai commencé les photos et plus je shootais, plus elle s'offrait. Elle prenait la pose comme une pro, les doigts palpant, trifouillant, écartant ; la bouche tantôt molle, tantôt pincée, il n'y avait plus rien d'attachant ou de pathétique dans son attitude. Tout était dur et déterminé ; on aurait dit qu'elle me défiait avec sa chatte. Au bout de deux pellicules, j'avais le con trempé et douloureux. Je lui ai dit que c'était terminé, qu'elle pouvait se rhabiller. J'ai prétexté une envie de pisser, je suis allée aux toilettes et me suis masturbée furieusement, le pied sur la cuvette, étouffant mon cri dans le creux du bras. Au moment de partir, j'étais encore pantelante, je lui dis que je développerai les pellicules bientôt, mais que tout cela devait rester entre nous. Elle m'a regardée sans rien dire, mais j'eus l'impression que ses yeux me défiaient encore… Puis, elle a avalé un Nuts avec l'air aussi vivace qu'un poisson-chat mort, elle était redevenue Gogolita. Je ne me souviens pas de grand-chose de notre retour chez moi. J'avançais comme un zombie, engourdie par la puissance de l'orgasme et de ce qui s'était passé dans le studio. Dans ma tête, tournaient encore les poses qu'elle avait prises aussi naturellement que si cela avait été son métier, et je ne comprenais pas comment cette fille qui, sur le chemin pour retourner chez moi disait bonjour au soleil et aux cailloux, avait, quelques minutes encore avant, empoigné ses seins en écartant les cuisses comme si c'était une pensionnaire de Hugh Heffner. Certes, j'étais venue ce jour-là au collège avec dans l'idée de la faire se déshabiller un peu, de voir un téton ou deux, peut-être les poils d'une chatte au travers d'un slip, mais je ne m'attendais pas à ce qu'elle se désape entièrement, encore moins qu'elle se mette à quatre pattes. Où avait-elle appris à faire ça ? Qui le lui avait demandé ? Son père ? Son frère ? Tonton rigolo qui aime bien asseoir les fillettes sur ses genoux ? Papy Brossard qui tend son boudoir ? Faut croire que je n'étais pas la seule à qui elle faisait de l'effet. Est-ce que cela m'a choquée ? Non, j'étais préoccupée par mon propre méfait, et elle pouvait bien se faire violer par tous les chiens de l'Enfer, je n'en avais rien à foutre.

À leur retour, ma sœur et ma mère ne remarquèrent rien. Gogolita bavarda avec elles jusqu'à plus soif, allant jusqu'à dire qu'on avait regardé la TV, qu'on avait joué à se maquiller et à danser sur Kylie Minogue. Je la regardais mentir avec aplomb à ma mère qui hochait la tête en souriant et je me disais que c'était la personne la plus terrifiante que je connaissais, même Marie-Louise n'avait pas son niveau. Je suis restée assise dans le canapé dans une sorte de brouillard jusqu'à ce que sa mère vienne la chercher vers dix-huit heures, puis je suis allée me coucher, prétextant une migraine.

Dans la nuit, je délirais dans mon sommeil, en proie à une forte fièvre. Je rêvais de Gogolita, mais un avatar d'elle, plus séduisant et dans mon rêve, c'est elle qui menait la danse, une danse glauque et sexuelle, où elle apparaissait à moitié nue, seulement vêtue d'un cycliste à damier, les cheveux lâches et mousseux, le corps aussi dur et massif que de la roche. Dans une pièce où flottait une odeur aigre et familière, elle dansait, les bras et les jambes semblant être indépendants de son corps, sans grâce et très vite, comme si le bouton accéléré de la télécommande était resté coincé. Puis elle se mettait à marcher de long en large à grandes enjambées, les guibolles raides comme des échasses, on aurait dit un soldat de la place Rouge pris d'une folie naturiste. Elle me terrifiait. Elle se mettait ensuite à quatre pattes et me suppliait d'enfoncer un truc, n'importe quoi dans son « trou de chatte », parce que « je n'attendais que ça, hein ? ». Je nous voyais ensuite rouler toutes les deux nues, les jambes emmêlées comme un écheveau de vers de terre et je lui faisais des choses qui me donnait orgasme sur orgasme, avec ce sentiment affreux de perte de contrôle, de ne pas être à ma place, d'être sale. Pendant que nous « roulions », je réalisais que l'odeur familière était celle du révélateur photo, nous étions dans le labo, je pouvais entendre les élèves marcher dans le couloir, courir et s'interpeller. Moi, la reine du Gérard, j'étais en train de baiser une SES dans le labo du collège qui n'avait PAS de clef dans la serrure. J'étais terrifiée et je jouissais…

## 10

Le lendemain, ma mère fit appeler le docteur Laloge qui diagnostiqua un virus et me fit un arrêt maladie jusqu'au lundi d'après. Je me rongeais les sangs tout le week-end, à attendre un coup de fil des parents de Gogolita ou même des flics, je me voyais en train de répondre à des accusations de sévices sexuels sur personne vulnérable, devant un psy qui diagnostiquerait une perverse narcissique incapable de prendre son pied autrement qu'en faisant écarter les cuisses à une trisomique. Je voyais la chute du trône, la fuite de la ville, la réputation de déviante sexuelle… J'étais terrorisée. Le lundi, je retournai au bahut et la première personne sur laquelle je tombai était Arnaud qui m'a fait un signe de tête, froid, mais non inhabituel. Dans le bureau, la mère Cornu me demanda si ça allait mieux, elle espérait que ce n'était pas au labo photo que j'avais attrapé mal… Dans la cour, personne ne chuchotait sur mon passage ou ne me pointait du doigt : Gogolita n'avait semble-t-il rien dit et lorsque je la croisai au cours de la journée, elle était égale à elle-même. Les jours suivants, ce fut l'enfer, je vivais dans l'angoisse qu'elle ouvre son clapet puis un jour je décidai qu'il n'était plus possible — et pas dans mon tempérament — de vivre suspendue au bon vouloir de quelqu'un, et je contre-attaquais : si jamais elle parlait, je nierais tout. Qui de la pinpin ou de la première de classe, on allait croire ? Jamais je ne lui avais dit de se déshabiller (ça, c'était vrai), elle l'avait fait de sa propre initiative et il était peut-être donc opportun de se poser des questions sur ce qui l'avait motivée à le faire. Quant à la prendre en photo, j'avais pensé dire que j'avais eu peur de la vexer si je lui disais que c'était mal de faire ça… Je jetai les revues, les barres chocolatées, retrouvai le programme TV du mercredi après-midi, achetai un CD de Kylie Minogue, jetai les fringues qui me restaient, je ne me résignai cependant pas à jeter les pellicules. Pas encore.

## 11

En mai, je me concentrai sur les cours et le brevet. Le soleil faisait des merveilles sur ma peau nue et les garçons me tournaient autour comme des abeilles autour d'un pot de miel. L'exposition était presque prête et promettait d'être un franc succès, on parlait même d'un article dans la NR. Je ne voyais plus Gogolita que de loin en loin même si le soir dans mon lit, ma chatte continuait de penser à elle. J'avais toujours du mal avec ce qui s'était passé dans le studio, mais la peur qu'elle finisse par l'ouvrir s'amenuisait de jour en jour, à mesure que ma popularité grandissait et qu'elle restait la même gentille abrutie. Un jour, elle vint me voir dans la cour. Je remarquai qu'elle avait maigri : elle portait un débardeur à fines bretelles vert d'eau dans lequel elle flottait et qui laissait voir sa peau blanche constellée de boutons étoilés rouges, ses épaules étaient plus anguleuses, son dos moins voûté et ses cheveux relevés en queue de rat laissaient voir un cou presque gracieux. Elle s'était maquillée aussi, du mascara en gros paquet sur les yeux qui ourlait ses cils d'une manière provocante et du rose irisé sur ses lèvres. Mon cœur s'est affolé : je ne sais pas si c'est parce je m'attendais à ce qu'elle parle des photos ou parce que je la trouvais presque jolie. Elle avait l'air malheureux, je revoyais la biche perdue au milieu de la cour ce jour chaud de septembre. Elle s'est mise à pleurer et je crois n'avoir jamais connu plus excitant que cette pauvre fille en plein désarroi, le mascara formant des rigoles sur ses joues grasses et duveteuses : j'avais envie qu'elle se déshabille et qu'elle écarte les jambes. Entre deux reniflements, elle m'avoua qu'elle était amoureuse d'Alexis Bot, un quatrième, mignon comme un bébé chat si on aime le genre mièvre Australien. Je voudrais pouvoir dire qu'à cet instant mon cœur ne s'est pas arrêté de battre et que tout ce que je fis par la suite n'était pas mû par une haine et une jalousie corrosives, mais ce serait des mensonges, aussi gros que des maisons.

— Je fais comment pour qu'il veut sortir avec moi ?

— (*Fous-toi une cagoule.*) Écoute, je connais ce genre gars, ils aiment plutôt les filles… (*normales*), simples sans trop de maquillage. Je crois que tu n'es pas son type.

— C'est quoi son genre ?

— (*Moi, probablement, pauvre abrutie*) Eh bien, des filles plus simples je te dis…

Elle se mordit les lèvres, imprimant du rose sur ses incisives et regarda le sol.

— Je pourrai lui montrer les photos, dit-elle dans un souffle.

Elle leva les yeux vers moi :

— Les garçons, ils aiment la chatte.

« Ça y est, j'ai pensé, on y est ».

## 12

Aujourd'hui, j'ai quarante ans, j'habite un loft à Hell's Kitchen, dans le nord du Midtown, pas loin de Chardon US, la branche américaine du groupe pharmaceutique Chardon pour lequel je travaille depuis presque quinze ans ; Chardon est un leader du médicament dans le monde, un fer de lance de l'industrie française. Outre la solidité du tissu industriel français pharmaceutique, la force du groupe réside dans ses transactions. Philippe Chardon, l'actuel PDG a toujours eu du nez en matière de « Fusac » : son père avant lui a été le premier à vouloir parier sur les médicaments génériques et après l'intégration du laboratoire grec Hygon en 2008, le groupe s'est placé dans le peloton de tête. Notre vaccin contre l'hépatite C a été l'un des premiers blockbusters de la compagnie, et lorsque le Bangladesh a cassé les prix, on avait déjà plusieurs coups d'avance en Europe avec les vaccins infantiles combinés et des anticoagulants… Et pour faire cracher tout le monde au bassinet, on s'est lancé dans le vaccin animal. On est très bons. Le groupe a un site Internet et un dossier presse rédigés par le Club de Mickey : l'item « réseau industriel », tous les trucs sur « conquête de marchés à fort potentiel », « nouvelles usines dans pays émergents », « meilleures proximité et compréhension du client », c'est ma partie. En réalité, vous remplacez « conquête… » par monopole, « proximité et compréhension du client » par opération financière et « nouvelles usines… » par main-d'œuvre sur-exploitable… Vous rajoutez « exploitation animalière » et prescripteurs « très chouchoutés », plus des salaires outranciers pour les cadres et vous n'avez même pas la plus petite idée de ce qu'est le groupe. On est très très bons. Les États spéculent sur nous plutôt que sur le médicament et c'est avec leur assentiment ou leur résignation (ça dépend du pays) que l'on pratique le cynisme à outrance : notre argument c'est de dire que si nos prix sont aussi exorbitants, c'est parce les vies sauvées n'ont justement pas de prix, ce sont aux pays de choisir les malades qu'ils souhaitent soigner, si des gens meurent, c'est que les États ne mettent pas assez d'argent dans le budget santé… Aux USA, c'est plus facile, on traite directement avec les assureurs, les directeurs de clinique et les patients les plus aisés, des gens qui ne font pas dans le sentiment et la démagogie, et dans les mémos qu'on balance aux équipes de chercheurs, les mots « vie », « santé » et « bien-être » en sont totalement absents… Mon métier, c'est creuser des gouffres entre les gens, je participe à cette guerre sociale que nous les riches nous continuons à mener avec panache. Je ne suis plus une sale pauvre, issue de cette France qui fait ses courses avec une calculatrice à la main. Je suis une femme de pouvoir, riche, indépendante et reconnue par ses pairs, des loups qui n'ont rien d'une espèce en voie de disparition. La période la plus exaltante de ma vie, c'est maintenant, lorsque le cul carré dans mon fauteuil de cheffe, le diadème de Miss Connasse-Monde ceint sur ma chevelure dorée, je regarde le groupe grimper au CAC 40 depuis mon bureau en plein Manhattan. Certains de mes collaborateurs ont eu à essuyer quelques ennuis de santé : *burn-out*, hypertension, dépression, triple pontage même pour l'un... Moi, rien ne me déstabilise : ni les scandales sanitaires, ni nos usines en Asie s'écroulant sur des enfants sous-payés, ni les photoreportages sur des animaux de laboratoire mal en point... Le seul truc qui me fait me relever la nuit de mon lit king-size aux draps de lin, dans cet immense appartement presque entièrement vitré, suspendu des millions de dollars au-dessus de la boulangerie du RDC, c'est le souvenir de ce jour-là – même pas celui de l'exposition –, mais celui-ci, dans la cour de mon collège à Vendôme, quand devant Gogolita me réclamant en vain ces photos, il me sembla que j'étais un caillou chutant dans un puits sans fond.

– J'ai détruit les pellicules.

Elle me regarda sans rien dire, interdite, je voyais toute la force de ses neurones en action et Dieu sait qu'elle en avait besoin.

– Pourquoi t'as fait ça ? a-t-elle gémi.

Je me rappelle avoir trouvé que le soleil tapait fort sur la tête, imprimant des éclats éblouissants, transparents irisés devant mes yeux et que ma bouche était très sèche quand je lui ai sorti le laïus que j'avais maintes fois tourné dans ma tête, à savoir que j'avais détruit les pellicules parce que ce qu'ELLE avait fait, ce n'était pas bien, que les filles convenables ne se comportaient pas comme ça et que si cela se savait, elle serait probablement renvoyée du collège. Elle a écarquillé ses yeux, les paquets collés noirs sur ses cils et les traînées sur ses joues lui donnant l'air d'une enfant-actrice dans un vieux film noir et blanc. J'ai regardé nerveusement autour de nous pour voir si quelqu'un nous prêtait attention, mais tout le monde était à profiter du soleil qui avait l'air de taper normalement sur leur crâne.

— Écoute, trouve-toi un autre garçon à aimer, lui il ne voudra pas de toi. Il n'y a pas un garçon de ta classe qui te plaît ?

Son regard blessé me mit en joie.

— Nan, c'est lui qui me plaît. Et je sais qu'il aimera les photos parce que c'est ça que veulent les garçons. Si tu n'as pas les photos, on a qu'à en faire d'autres.

J'avais envie de l'empoigner par son t-shirt et de la secouer... Pour qui elle se prenait cette conne ? Il fallait que j'arrête le tir avant que tout cela ne prenne des proportions dramatiques.

— Non, je n'en referai pas. Ce que TU as fait, j'ai trouvé ça dégoûtant. Ce n'est pas les photos que JE voulais faire.

— Pourtant, tu n'as pas dit qu'on arrête... Tu as fait deux pellicules...

Je la regardais se buter et me tenir tête et elle était terrifiante ; si j'avais pu, je l'aurai cognée jusqu'à ce que sa gueule ne soit plus qu'une prune éclatée.

— Tu t'es déshabillée sans que je te le demande. Je ne savais pas comment te dire d'arrêter. Tu es une... SES...

J'avais dit ça comme si cela expliquait tout... Elle m'a jeté un regard dégoûté et jamais je ne me suis sentie plus misérable que cette fois-là où la bêtise crasse et la mauvaise foi m'ont envahie... Pourtant depuis que je travaille pour Chardon, ce ne sont pas les occasions qui manquent de se sentir comme une merde.

La cloche sonna pour les SES et avant de la laisser se diriger vers son rang, je lui ai répété que les pellicules avaient été détruites, pour SON propre BIEN, et que les garçons aimaient les filles avec des formes, mais pas les salopes qui écartaient les cuisses (ce qui est faux bien sûr, les garçons aiment les formes ET les salopes, les chiennes au garde-à-vous devant leur dignité virile qui fond comme beurre au soleil devant le moindre cm$^2$ de peau… les seules chiennes que j'ai jamais rencontrées étaient des chiens). Elle avait l'air désespérée.

Les jours qui suivirent, je ne la quittais pas des yeux. Elle restait seule, la plupart du temps assise sur un banc à guetter Bot, l'air malheureux. Mais pour moi, ce n'était pas suffisant… Je voulais la pulvériser, la mettre plus bas que terre et danser la gigue vendômoise sur son corps. Sale ingrate.

## 13

Bot était aussi insipide qu'une endive cuite à l'eau de Contrex : blond, pâle et fade. On devait cependant lui reconnaître une certaine allure avec son *bombers* et ses Doc Martens coquées. Il possédait une mobylette, — la décapotable des moins de seize ans — et hériterait probablement à dix-huit d'une Super 5 GTI. Ses parents tenaient un tabac-presse rue Anatole France, mais aucun paquet de clopes ni magazines cochons ne manquaient jamais malgré la pression de ses potes, il était incorruptible, la fierté de sa maman. En octobre, il avait intégré le tutorat des 4èmes - 3èmes et on avait dû échanger à peine deux mots, mais je l'avais déjà surpris plusieurs fois à me mater. Il sortait avec une lycéenne du Jean Edmond, enfin c'est ce qui se disait. Le jour où je passais à l'offensive, nos deux classes étaient en salle de permanence. Je m'arrangeai pour me retrouver assise à côté de lui. Je lui ai souri, il a rougi, j'ai chuchoté une blague sur le pion, il a ri, je l'ai regardé, il a rerougi, c'était tellement facile. Le matin suivant avant les cours, il m'offrait un paquet de bonbons Crocodiles parce que je lui avais dit que c'étaient mes préférés ; la récré d'après, on se roulait des pelles devant tout le collège et devant Gogolita. Je voulais que tout le monde nous voie, parle de nous, je riais fort, je parlais haut, je lui sautais au cou, il était aux anges, j'avais envie de crever. Le plus dur était de pouvoir l'éviter à l'extérieur du collège, heureusement j'avais l'excuse du brevet et des révisions, ce que je faisais effectivement. Gogolita ne venait plus à la maison avec ses parents ; elle restait chez eux avec Arnaud. Quand la famille débarquait, bruyante et braillarde, Jill ne se tenait plus de joie et faisait la fête à tout le monde, jusqu'à ce qu'elle s'aperçoive que Gogolita manquait à l'appel, alors elle retournait se rouler en boule dans son panier et moi je faisais pareil dans mon lit, ne pouvant m'empêcher de ressentir ce que je ressentais pour elle, des sentiments de *soap opéra*, inédits et dévastateurs : le manque, la haine, l'envie de la voir et de lui faire du mal, d'être de nouveau auprès d'elle, de sentir mon cœur s'épanouir comme une fleur et de revivre dans les étoiles.

## 14

L'exposition photo devait se tenir le lundi après le brevet, dans un ancien grenier à sel du XVIIème siècle transformé en salle communale et à l'époque, requalifié pompeusement en « galerie artistique Jacques-Henri Nohain », d'un sombre faiseur de croûtes vendômois dont la ville reçut, par un legs généreux (et par trop intéressé) de sa veuve, l'entièreté de l'œuvre à exposer, plus quelques dizaines de milliers de francs pour la réfection intérieure. Dès la mort de celle-ci, les tableaux furent décrochés et remisés dans des cartons à la mairie ; ne restaient du bonhomme que le nom sur une plaque en plexiglas piquetée de taches de moisissures et le souvenir vague de son goût prononcé pour le camaïeu d'orange façon Van Gogh travaillé par le club peinture du centre social.

Tout l'après-midi, jusqu'à 17 heures, les membres du club photo et moi travaillâmes à accrocher les cadres sur des cimaises autoportantes mobiles qui avaient dû coûter un paquet, même si c'était probablement la vieille qui avait raqué (un dispositif qui devaient valoir cent fois plus cher que les croûtes de son mari), à placer les petits cartons explicatifs sous les photos, démontant et remontant les installations selon que la lumière des spots mettait en valeur tel ou tel cliché, dressé une table avec une nappe en papier bleu, des rafraîchissements et des assiettes en carton de Curly. Alexis était venu donner un coup de main et me coller au cul. Bon sang, son contact emprunté, son allure juvénile et son regard bleu menthe clair me révulsaient. Dès l'annonce des résultats du brevet, je comptais lui dire lâchement que c'était fini : je partais le lendemain en camp de vacances pour trois semaines dans les Pyrénées, et je pensais ainsi m'épargner des pieds de grue gênants sur sa mobylette devant chez nous ou des coups de fil larmoyants et sans fin jusque tard dans la nuit. Je pouvais me tromper, mais dans le doute, j'avais déjà rôdé un discours navré de rupture basé sur l'éloignement de l'été, la différence d'âge (quatorze, c'était pas seize...) et surtout le fait que j'entrais au lycée à la rentrée (Maupassant, c'était pas Sartre...).

La presse – locale et régionale – avait fait savoir à la ville entière que l'exposition « sur le thème de la différence, initiée et entièrement réalisée par le club photo du collège Gérard Yvon » ouvrirait ses portes à 18 heures en présence du proviseur et de toute l'équipe pédagogique, de l'élu à la culture, des parents et des élèves, et s'achèverait autour d'un « verre de l'amitié » qui devait « marquer d'une manière joyeuse et sympathique la fin d'une année scolaire riche d'enseignements (!) ». J'avais le cœur prêt à exploser, pas seulement à cause du stress de l'exposition dont j'avais à peu près rien à foutre, mais parce qu'il était possible qu'elle vienne, auquel cas je ne savais pas qu'elle devrait être ma réaction – enfin si –, elle dépendrait de sa réaction à elle.

À 17 heures, nous rentrâmes tous chez nous nous préparer. Sébastien, encore plus pénible que d'habitude, avait jacassé tout l'après-midi en lançant ses grands gestes de tapette et rien que pour ça, j'avais hâte que tout cela se termine. Avant de retourner à la maison, Alexis m'avait accompagnée jusqu'au collège, car je devais redéposer les clefs de la galerie à M. Delmas. Sur le parvis (il partait à gauche vers le centre-ville et moi à droite vers la rue du Clos) et tandis qu'il me regardait comme si j'étais un paquet de fraises Tagada ouvert et lui un gosse de cinq ans sans autorité parentale, je me rappelle m'être dit que je ne supporterais pas quatre jours encore à me coltiner son air niais et fadasse, que je devais lui sortir, là maintenant, le discours sur « j'ai seize ans — t'en as quatorze, le lycée VS collège, l'été, long-loin... », puis je me suis rappelé Gogolita ce jour dans la cour, quand cette affreuse salope m'avait suppliée de refaire des photos où elle écarterait sa chatte, pour lui, ce minable trouduc à sa maman qui avait autant de personnalité qu'un robinet et j'eus la haine. Alors, je l'ai embrassé, à pleine bouche, la langue allant et venant le long de la sienne, mêlant nos haleines chaudes et pas encore empuanties par la clope et les aigreurs d'estomac, mon bassin se frottant contre le sien, le sentant devenir dur comme de la pierre et j'ai imaginé qu'elle nous regardait, boxée par le chagrin et que je pouvais entendre son petit cœur se briser en mille morceaux comme un verre en cristal d'Arc. J'espérais qu'elle viendrait à l'exposition et que nous voir tous les deux la tuerait sur place.

À 17h50, une petite foule d'une soixantaine de personnes s'était amassée devant la plaque de Jacques-Henri Nohain, ma mère était là avec ma sœur — mon père travaillait encore —, il y avait une partie de la salle des profs, déjà en petite jupe courte ou chemisette fleurie, l'horizon désormais proche des vacances les rendant joyeux et presque séduisants, les pions, — bizarrement encore plus incongrus dans la vie civile que les enseignants —, les élèves photographiés, et d'autres, et leurs parents, des gens de la ville que la perspective d'un coup à boire et d'une poignée de cacahuètes gratis avait fait sortir de leur tanière. Alexis n'était pas encore arrivé et je ne savais pas si c'était bien ou pas, cela dépendait si elle, elle venait... À 17h55, M. Delmas se posta à côté de la porte d'entrée et rameuta le club photo à côté de lui comme une poule sa couvée de poussins : Sébastien bourdonnait et battait des ailes comme une abeille sous acide, Emmanuelle ricanait sans raison comme une bécasse et moi, je regardais dans tous les sens comme une girouette pour voir si Gogolita était là : on se serait cru dans une putain de basse-cour. La foule devant la galerie s'était agrandie d'une dizaine de personnes – dont Alexis avec sa mère –. Gauche, dégingandé et dépareillé avec son costume sombre et sa cravate, Delmas mit quelque temps à obtenir le silence nécessaire au discours d'ouverture des festivités. Il présenta chaque membre du club aligné en rang d'oignon et finit par moi en rappelant que cette exposition et ce thème « traité avec une sensibilité d'une grande maturité, vous verrez ! » étaient mon idée. Il y eut des applaudissements et des sifflements nourris et il me sembla que ce n'était pas seulement l'exposition que l'on applaudissait, mais aussi mes longues jambes sortant de ce mignon short noir et la grâce de mon cou que rehaussaient une queue de cheval haute et d'énormes créoles. À 18 heures, M. Delmas introduisit la clef de la galerie dans la serrure, Sébastien piaffait d'impatience et Emmanuelle ne se retenait plus de rire franchement d'une façon hystérique, Alexis m'avait prise par la taille, tellement fier d'être à côté de la reine du Gérard, ma mère se tenait en retrait près d'une jardinière de bégonias, son sac informe plaqué avec ses gros bras nus contre ses seins, jamais vraiment à l'aise en société et surtout celle des gens à brevet +1. Je pouvais savoir ce qu'elle ressentait : elle était émue et sonnée comme lorsqu'ils recevaient mon bulletin trimestriel ou que je gagnais un prix de musique, mesurant chaque fois un peu plus le fossé qui nous séparait, sentant confusément que cette fille, que tout le monde trouvait parfaite, était une étrangère qu'elle ne pouvait pas vraiment aimer, en tout cas pas autant que sa sœur, cet adorable goret qui à dix ans ne savait toujours pas faire ses lacets et des multiplications à deux nombres, mais dont elle se sentait proche, qu'elle comprenait, qui appartenait à son monde simple. Ma mère qui cherche, aujourd'hui encore, à avancer vers moi, tâtonnant comme une aveugle à la recherche d'une porte entr'ouverte contre laquelle je ne cesse de mettre le pied.

Au moment, où M. Delmas pénétrait dans la galerie, je me suis tournée vers la foule, et je l'ai vue, elle arrivait de la rue de la Merci et tenait un seau à la main. Mon cœur s'est mis à galoper dans ma poitrine. Elle était là et je ne savais plus si je voulais qu'elle souffre ou… être près d'elle… Puis, je me suis rappelé avec quel soin j'avais choisi mon look… Ne mettais-je pas fait la même coiffure que Vanessa P. dans son clip « Coupe-Coupe » ? De qui je me foutais, putain… ?

## 15

J'ai voulu la rejoindre et lui parler, mais Alexis me tenait et le flot des gens poussait derrière pour pénétrer dans la salle. Qui sait ce qui se serait passé si j'étais parvenue à la voir avant… ? Moins de matière, je dirai… Nous sommes entrés, l'intérieur, frais et sombre comme dans une église, offrait un contraste saisissant avec au-dehors. L'entrée donnait directement sur la salle qui était très grande et haute, percée de minuscules ouvertures dans les hauts ; l'emplacement à proprement dit de l'exposition consistait en une dizaine de cimaises autoportantes installées en rond. Delmas se dirigea droit vers elle, puis il fit demi-tour comme s'il avait oublié quelque chose, sa veste sans tenue volant autour de lui comme un jupon et se dirigea vers le mur près de l'entrée qui comportaient les interrupteurs. Les gens derrière lui avaient avancé jusque dans le cercle, quelques spots au-dessus des photos étaient restés allumés, mais n'éclairaient pas suffisamment pour qu'on voie autre chose que la silhouette des cadres. Les autres personnes qui venaient encore derrière restèrent en tas dans l'entrée faute de pouvoir avancer plus avant. Je me suis mise sur la pointe des pieds pour voir si elle était entrée, mais je ne voyais rien. Alexis me demanda si je cherchais ma mère. Une odeur désagréable, chaude et moite flottait dans l'air, rien à voir avec la sueur acide des gens qui se pressaient autour, ni même celle du pet, mais une odeur qui rappelait le bois moisi et la gerbe. À côté de moi, une dame demanda quelle était cette odeur ? Près de l'entrée, Delmas cria qu'il cherchait la lumière. Alexis m'avait lâchée. Un bonhomme s'exclama que ça puait comme dans une étable. Les gens commencèrent à s'agiter. Delmas alluma. L'odeur nous explosa à la figure, comme si nous rendre la vue nous avait débouché les sinus. Il y eut une clameur générale de dégoût. Autour de nous, les photographies étaient maculées de matière verte et marron, avec de l'herbe : de la bouse, quelqu'un avait balancé — non — quelqu'un s'était appliqué à tartiner de la bouse de vache sur chacun des portraits, imprimant sur certains, des ronds, on pouvait voir dans la merde le circuit inscrit dans la matière. Le blanc des murs des cimaises disparaissait aussi sous des couches épaisses et plâtreuses. La main sur le nez, les gens se mirent à se serrer les uns contre les autres comme si la bouse pouvait leur sauter dessus. Delmas se fraya un chemin dans le tas de gens :

— J'ai eu du mal à trouver la l… commença-t-il.

Il s'arrêta en pleine course, ouvrit la bouche tout grand et hoqueta grossièrement. Il jeta un regard circulaire abasourdi et tomba sur moi. Mais visiblement, je n'avais aucune explication à lui fournir… Pendant deux trois secondes, ce fut le silence total, puis un bruit, semblable à celui d'un lavabo en train de dégorger, vibra dans la salle, suivit d'une exclamation de dégoût :

— Ah, putain, dégueu…

Ce fut le signal du top-départ. Les gens se mirent à bouger tous ensemble, comme la chenille qui redémarre, vers la sortie, d'abord calmement, puis quelqu'un cria :

— Ah, merde, j'en ai sur moi.

Et là, ce fut le coup de revolver sur la ligne de départ et la panique. Les gens se précipitèrent pour atteindre la sortie. Une femme passée trop près d'un des cadres le décrocha et le fit tomber sur deux bonshommes qui s'empoignèrent les avant-bras en essayant, dans une sorte de valse, de s'en débarrasser. Devant moi, un homme déséquilibré par la foule voulut se tenir au mur, mais sa main glissa dans la merde et atterrit dans les cheveux d'une femme, donnant l'impression d'un reste de masque à l'argile mal rincé. La femme se mit à ruer comme un cheval en poussant des hululements. L'odeur devenait insoutenable. On me poussa et je tombai à genoux, m'accrochant au passage à la veste d'une personne devant – une femme – qui se dégagea d'une bourrade en me laissant par terre, le regard effrayé comme si j'étais une grenade dégoupillée. Les gens autour me piétinaient presque et quand je voulus prendre appui au sol avec mes mains pour me redresser, quelqu'un – un semi-remorque en tongs – tomba lourdement sur moi et mes dents claquèrent violemment… vision d'une tapette à souris sur une langue sanguinolente… Je me mis à pleurer. L'homme se dégagea et je me relevai tant bien que mal, secouée par des pleurs qui avaient l'air de venir plus loin que le fiasco désormais évident de l'exposition. Le gros mec marmonna des excuses en me regardant à peine, moins gêné par mes pleurs que par mes jambes maculées de merde. Autour de moi, d'autres personnes étaient à terre et tentaient de se relever, titubant avec leur gros ventre sur leurs jambes grêles, leurs vêtements aux couleurs d'été dans lesquels ils ressemblaient à des rôtis de dindonneau, désormais fichus et probablement impossibles à ravoir même avec du détachant… On aurait dit des pauvres connards de « Vidéo Gag ». La salle s'était vidée et je vis qu'Alexis était parvenu à rester debout et digne (propre). Il me cherchait du regard – à moins que ce ne soit sa mère –, il ressemblait au prince dans Peau d'Âne, héros immaculé, vent debout dans la tempête de merde.

– Ça va ? Tu n'as rien ?

Il crut bon, en me voyant essuyer mes larmes, de me serrer fort contre lui et de m'embrasser le front ; je grimaçai, sa sollicitude et son contact me donnaient envie de me jeter par la fenêtre, à moins que ce soit ma propre faiblesse. Sébastien, s'approcha de nous, blême et muet, ce qui n'était pas son genre, la main sur la bouche, les yeux écarquillés d'une façon grotesquement théâtrale, ce qui était tout à fait son genre, et j'eus la haine pour cette petite pédale de province du début des années 90, sans cesse en représentation, alors qu'aucune personne du public n'était dupe de sa vie minable, coincé entre ses parents — vieux comme des grands-pères —, les bougnoules hargneux de son quartier et des rêves de paillettes qui se finiraient au mieux par un CAP coiffure. Il avait de la merde jusque dans ses cheveux roux et ses lunettes en étaient mouchetées, comme si quelqu'un lui avait claqué de la bouse près du visage, son t-shirt Poivre Blanc — probablement le seul de marque de son armoire — était fichu, je pouvais déjà voir l'herbe sous la bouse s'épanouir dans les fibres du tissu et former les taches indélébiles jaunes qu'elle laisserait. Un jour, peu avant mes trente ans, j'ai reçu sur ma boîte professionnelle un mail de lui via le site « Copains d'avant » : « Sébastien Ferrand en 3ème C au collège Gérard Yvon de Vendôme durant l'année scolaire 1994-1995, vous demande comme amie ». Je ne lui ai jamais répondu bien sûr, mais je me suis inscrite sur le site pour accéder aux photos du Gérard de cette année-là... les SES était le seul niveau non représenté, dans aucune année... Les taulards et les fous n'ont visiblement pas de temps à perdre avec ces conneries de réseaux sociaux...

— Vous pouvez me dire ce qui se passe ici ? Delmas avait perdu son flegme et tous ces défauts qui le rendaient sympathique (yeux globuleux, front dégarni, épaules voûtées, posture maladroite...) avaient disparu sous la colère, ou du moins ils avaient changé sous la colère, changé d'intention : ses yeux n'étaient plus globuleux débonnaires, mais terriblement globuleux et son front dégarni plus timide, mais intimidant... Je supposai que c'était le Delmas des grands jours, celui qui présidait les conseils de discipline ou recevait un fumeur de clopes dans son bureau et que je n'avais jamais eu l'occasion de voir, moi l'élève parfaite depuis la 6ème. Je comprenais enfin pourquoi, malgré un quartier environnant (très) populaire, des décrocheurs qui venaient hanter la sortie des cours et des classes de SES et de CPPN, le collège n'était pas à feu et à sang. Il me regardait, mais voyait bien que ce n'était pas de moi ni d'aucun de nous qu'il allait obtenir une réponse. Ma mère arriva avec celle d'Alexis dans le cercle des cimaises et elles regardèrent autour d'elles, effarées. Tous les cadres étaient couverts de merde, en fait, il y avait de la bouse partout : sur les cimaises, les éclairages, le sol, les gens avaient patiné sur des galettes fraîches en laissant de longues traces et j'eus une pensée pour les interstices du parquet et le MDF des cimaises et les devis qu'enverraient les sociétés de nettoyage à la mairie. Je cherchai des yeux son portrait à elle. Comme les autres, il avait disparu sous une couche de merde. Emmanuelle, qui s'était approchée de la table où on avait installé le « verre de l'amitié », eut soudain un haut-le-cœur et vomit sur le parquet. Les gars du nettoyage auraient des morceaux de Pépito à ôter en plus des brins d'herbe. Je regardais à mon tour : dans une des assiettes, on avait versé de la bouse presque liquide où nageaient des asticots.

— Quelqu'un a saboté notre exposition, claironna Sébastien.

Des gens étaient revenus dans la salle en avançant en crabe.

— Monsieur, c'est sûrement Abelhakim ou Estève, continua-t-il, je les ai entendus dire qu'ils allaient venir à l'exposition et foutre la m... le bazar… Regardez, ils ont dû passer par là…

Cet imbécile montra la porte de secours ouverte. Les gens se mirent à parler tous en même temps. Je remarquais que le gars de la Nouvelle République s'était rapproché de Delmas qui hochait distraitement la tête : probable qu'il était en train de lui dire qu'il lui ferait la fleur de ne pas faire de photos. Aujourd'hui, tout le monde aurait dégainé son téléphone, les mains dans la merde ou pas, et les photos auraient circulé sur l'Internet une minute à peine plus tard. En 1995, il aurait fallu trouver un magasin qui fasse du tirage de photos, attendre une semaine qu'elles soient tirées puis les distribuer dans chaque boîte aux lettres ou les punaiser sur les murs de la mairie pour qu'elles aient une chance d'être vues. Avant, celui qui voulait vous déshonorer devait vraiment en avoir envie, aujourd'hui vous pouvez défaire une réputation (y compris la vôtre) depuis votre canapé en bouffant des saucisses cocktail. Autre temps, autres mœurs…

Des gens enjambèrent les traces de bouse au sol et rejoignirent Delmas et le journaliste qui inspectaient la sortie de secours pour voir si des indices comme des bouclettes d'Arabe ou une fin de joint pouvaient être exploités. Je savais qu'ils ne trouveraient rien parce que ce n'était pas eux. J'allais sortir quand ma mère s'est approchée de moi, elle eut un sourire désolé qui m'alla droit au cœur et, il y a des moments dans la vie qui sont décisifs, où tout bascule – ou pourrait basculer – vers le bon ou le mauvais, et vous le savez, comme ce jour où à la fin de mon stage en Californie, j'ai décidé, au moment de tendre mon billet à l'hôtesse devant la porte d'embarquement, de rester aux États-Unis ou ce verre que j'ai accepté de mon binôme à HEC et que le lendemain je me suis retrouvée dépucelée, devant comme derrière. Vous le savez et des fois vous loupez le coche, ça ne tient à pas grand-chose, un manque de volonté, l'espoir insensé que ça reviendra, mais au bon moment, la peur… Lorsque ma mère m'a effleuré timidement la main, je savais ce que ça voulait dire, ça voulait dire : « C'est rien, bienvenue dans le monde réel, où les gens normaux se plantent, sont méprisés ou ridicules, bienvenue dans mon monde… ». Elle n'avait pas compris que je vivais déjà dans son monde puisque mon père et elle m'y avaient précipitée, la seule différence avec eux c'est que je ne me résignais pas à y vivre. Si mon corps avait exprimé ce que je ressentais, je lui aurais attrapé la main, je lui aurais rendu son sourire et probablement que je ne serais pas à New York, à lui écrire deux fois l'an et un jour, assister à ses funérailles en essayant de me souvenir de ses traits que je retrouverais dans le visage de la fille de ma sœur dont je ne me rappellerais plus le prénom non plus… Si j'avais attrapé sa main, je ne serais pas l'orpheline aujourd'hui que j'ai choisi d'être. Au lieu de ça, je me suis tournée vers M. Delmas qui déclarait qu'il allait de ce pas porter plainte au commissariat et si on voulait bien sortir... Gogolita est entrée à ce moment-là avec son seau et s'est avancée dans le cercle des cimaises. Delmas lui a dit que l'exposition était annulée et qu'on devait tous sortir, mais elle n'a pas répondu, elle est restée plantée là, son seau au bout de son bras ballant. Les gens la fixaient dans un silence de cathédrale et je voulais leur dire d'arrêter de la regarder comme ça, que ça la gênait, mais Gogolita ne le voyait pas, elle ne regardait rien, ni les mouches voler ni le vide de cette assemblée. Elle était, comme ce jour de septembre au milieu de la cour du Gérard, perdue dans l'immensité du monde des plus de 80 de QI. Delmas s'est approché d'elle et lui a touché l'épaule, et elle a sursauté comme si on l'avait électrocutée. Elle l'a regardé craintivement puis s'est tournée vers Alexis et sa babine s'est retroussée, on aurait dit une chienne protégeant ses petits. Mme Bot se mit devant lui, le bras tendu, – une autre femelle protégeant sa progéniture – et j'enrageais qu'elle ait pu tomber amoureuse de lui. J'allais m'approcher à mon tour quand ma mère a prononcé son nom, doucement, et Gogolita s'est tournée vers elle. Mon cœur s'est serré : la souffrance avait creusé des puits sans fond dans son regard... J'avais creusé des puits sans fond dans son regard. J'étais l'artisane de son malheur, j'avais voulu lui faire du mal – à cause de Bot et des photos – mais aussi parce que j'avais pensé que les débiles mentaux étaient comme les chiens, heureux avec le peu que la vie leur donnait, faisant corps et âme avec la moindre caresse, la plus petite gratification, à revenir vous faire la fête même après un coup de pied dans le flanc et le reste du temps, se contentant de tourner en rond en attendant qu'on agite la laisse ou les croquettes. Je croyais qu'ils n'attendaient rien d'autre de la vie que d'être nourris, logés et sortis de temps en temps et qu'ils vous restaient fidèles et loyaux, quoi qu'il arrive. Mais elle, elle avait été différente, elle avait eu l'ambition de jouer hors sa catégorie, et c'est cette impudence qui m'avait fait la détester : elle m'avait échappée, ma créature m'avait échappée, l'importance que je lui avais accordée – que personne d'autre ne lui avait accordée, ni ne lui accorderait probablement jamais plus –, elle ne me la rendait pas, c'était une sale ingrate qui m'avait poignardée dans le dos… alors que si elle était restée une bonne fille, j'aurais fait d'elle la plus heureuse…

Elle a regardé ma mère sans sembler la reconnaître et tout le monde voyait à présent que quelque chose ne tournait pas rond chez elle. Soudain, j'ai eu du mal à respirer et je pensais qu'il fallait que je l'emporte loin, loin et la cacher — nous cacher — avant qu'ils ne se mettent à vouloir la mettre sur le bûcher. Elle a plongé sa main dans le seau tout en continuant à regarder ma mère sans la voir — elle ne m'accorda pas le moindre regard — et la ressortit pleine de merde de vache bien fraîche. Les gens se sont affolés et coururent vers la sortie comme si elle tenait une bombe, je n'ai pas pu m'empêcher de rire. Elle se dirigea vers Alexis qui se rencogna derrière sa féroce de mère et j'eus envie de hurler : « Regarde-le, regarde cette tapette qui se cache derrière sa mère, c'est pour lui que tu veux écarter les cuisses, bon sang ! » Mais elle le dépassa sans lui jeter un regard et se dirigea vers Sébastien qui se mit à pousser des cris d'orfraie et à sautiller sur place comme un dindon pris au piège. C'était d'un comique. Mais elle n'en voulait pas non plus à Sébastien et continua jusqu'à la cimaise ; là elle prit son élan comme une lanceuse de marteau et balança la bouse qui atterrit sur une partie du mur encore blanc dans un bruit mouillé. Delmas courut vers elle, mais elle avait déjà remis la main dans le seau et balançait une autre salve qui vint plâtrer des cadres déjà bien servis. Delmas lui arracha le seau et faillit partir en arrière, pensant probablement qu'elle opposerait plus de résistance, mais elle n'opposa rien et se contenta de le regarder faire sans rien dire.

— Mais… mais pourquoi vous avez fait ça, bon sang ?

Elle s'est essuyé le nez avec son bras et a haussé les épaules. La rumeur d'un spectacle en cours avait fait revenir les gens dans la salle. J'ai fait le vœu que le toit s'écroule sur eux tous, mais personne ne m'a entendue et je les ai regardés tendre le cou pour mieux voir. Elle a enfin tourné son regard vers moi et comme ce jour au studio quand elle a eu fini, il n'y avait rien dans ses beaux yeux qu'un vide spatial. Elle a répondu à Delmas en continuant de me fixer :

— Cette expo, c'est de la merde.

# 16

Gogolita ne dit pas comment elle avait transporté toute cette merde, mais des cars circulaient entre Vendôme et l'agglomération, elle ne dit pas non plus comment elle avait pénétré la galerie, mais j'avais mon idée : on avait probablement oublié de fermer la porte de secours laissée ouverte pour que Sébastien fume ses Café Crème comme s'il était une meneuse de cabaret. Je me suis toujours demandé ce qu'elle aurait fait si elle n'avait pas trouvé de porte ouverte… Elle ne dit pas non plus pourquoi elle avait fait ça, mais pour ça aussi, j'avais mon idée. La ville ne portât pas plainte contre elle et ce furent les assurances qui entrèrent en jeu.

Une semaine après que je sois arrivée à mon camp d'été dans les Pyrénées, ma mère m'écrivit sur une carte postale exotique représentant la place St Marc de Vendôme, que la famille de Gogolita avait quitté la ville pour s'installer en région parisienne. Ce soir-là, sous la tente, j'ai pleuré — et il sembla que ce fut les dernières larmes que je ne verserais jamais plus, je n'ai même pas pleuré lorsque les tours jumelles sont tombées, ensevelissant quelques-uns des cadres de Chardon dont une très bonne amie à moi de qui je garde encore chez moi, faute de pouvoir les rendre à sa famille, une brosse à dents, une nuisette particulièrement transparente et le souvenir d'une vie incroyablement joyeuse, je n'ai pas non plus pleuré à la mort de mon père qui a probablement été la personne la plus bienveillante et la plus sincèrement aimante de ma vie, mais j'ai pleuré ce jour-là –, longuement, presque au vomissement, sans parvenir à savoir quel sentiment prévalait : la honte, le soulagement... la tristesse.

Toutes ces années, j'ai gardé les pellicules, mais je n'ai jamais tiré ou fait tirer les photos. Ce ne sont pas les sites Internet de tirages qui manquent depuis le retour en grâce de l'argentique par les authentocs hipster et j'ai déjà repéré une petite boutique de photos à Brooklyn. J'irai peut-être, un jour que le réveil sera plus difficile que les autres, déposer les deux pellicules que je garde précieusement dans un coffre à la banque. Avec une perruque brune et des lunettes de soleil.

# LA PRINCESSE AUX MÉDUSES

# Prologue

J'ai été Éclaireur de France de l'âge de six à quinze ans. À six ans, j'aimais le foulard bicolore, la gamelle de fer battant le sac à dos McKinley et les chansons aux paroles mystérieuses. À dix ans, c'était les grands jeux en plein air, les peintures de guerre et le bois qui claque dans le feu. À treize ans, les seins qui poussent, les roulages de pelles et les branlettes en rond dans les tentes qui puent des pieds. À quinze ans, j'aimais le cul, celui qui tache.

Au mois d'août 2004, je portais pour la dernière fois le foulard bleu au liseré rouge des EdF de la région Poitou-Charente. Sur les trois foulards que j'emmenai cet été-là, il n'en resta qu'un que je n'ai pas lavé. Un an et demi après, il sent encore la crème solaire et les aiguilles de pin de Lacanau. Il sent elle dans les bois.

## 1

Le camp s'établissait sur un immense terrain d'herbe jaunie ; quand on arrivait, un bâtiment oblong abritant les sanitaires et le réfectoire, barrait le côté gauche. Derrière, étaient plantées les grandes guitounes bleues des louveteaux et en face, longeant la lisière d'un bois, les tentes des éclaireurs. Je partageais ma tente avec Tcherno, un mec qui semblait avoir été conçu par une suceuse de piles Mazda et un forain nain hongrois, et Armel, notre coordinateur d'équipage, qui avant d'envisager sérieusement le séminaire, s'accordait des pauses récréatives chez les scouts laïques. Tcherno avait décidé de camper dans le bois ; j'avais bien dans l'idée que ce serait chiant — d'accéder aux sanitaires en pleine nuit par exemple — puis je me suis rappelé que j'en avais à peu près rien à foutre (je tirais la gueule parce que j'avais rêvé d'un été de cul sans fin dans les bois avec la fille qui m'avait fait bander tout l'été dernier, mais elle n'était pas venue). On a donc planté la tente à une cinquantaine de mètres dans le bois. Les louveteaux nous prenaient pour des héros, les autres éclaireurs pour des nazes, les filles trouvaient dommage que je sois aussi éloigné de leur tente. Dans tous les cas, je ne me sentais concerné par rien. J'avais l'intention d'attendre que le temps passe et comptais profiter de la nature et des activités aquatiques qu'offrait la plage située à un kilomètre à pied du camp, en réalité une plage privée d'un camping EDF — les autres EDF : Éclairage de France —. Les gens nous toléraient parce qu'on était mignons tout plein avec nos shorts sages, nos foulards dansant sur notre peau dorée et parce que les filles du camp étaient toutes en monokini monacal (celles qui n'avaient apporté qu'un bikini dans leur bagage, passant outre la liste obligatoire des fournitures, avaient dû taper dans leur argent de poche pour aller s'en acheter un autre à Lacanau. « Éclaireuses de France, pas Allumeuses de France », avait gueulé la cheffe).

La journée sur le camp — pour les éclaireurs — se découpait ainsi : activités en groupe de 9h30 à 12h30 (jeux, activités sportives, tâches diverses…), l'après-midi était libre : un groupe pouvait aller à la plage, un groupe rester sur le camp, un autre partir en vadrouille, toujours sous la surveillance d'un chef ou d'une cheffe. La taule.

# 2

Toute la première semaine, je fricotais à la plage avec une fille d'agent EDF — au grand dam des filles du groupe — et je m'en tirai, avant qu'elle ne reparte pour Limoges ou je ne sais quel paradis pour employé de l'électricité, avec une branlette frustrante et un doigt glissé dans son maillot. Le *paddle* devenant beaucoup moins excitant sans elle, le samedi où elle partit je décidai de rester sur le camp ; je voulais être seul, lire, peut-être me taper une queue dans le bois. Je me suis senti obligé de prévenir l'animateur qui faisait le planton que j'irai faire un tour. Il s'est senti obligé de me dire de ne pas dépasser les limites, comme si ce connard les connaissait. Après le repas, je me suis enfoncé dans le bois, jusqu'à laisser s'éteindre la rumeur du camp. Le soleil tapait dur hors des arbres, mais la canopée filtrait les rayons et le vent brûlant avait mué en une brise tiède qui charriait une odeur piquante de pin et de résine fraîche. J'aurai quatre-vingt ans que je me souviendrais encore de cette journée, dans ses plus infimes détails, dans ses moindres sensations. Aujourd'hui encore, je ferme les yeux et je peux sentir le tapis spongieux des aiguilles de pin sous mes Vans, les ronces rampantes s'enroulant sur mes chevilles, le soleil désignant toutes choses comme si elles étaient élues par les dieux. Des graminées dansaient paresseusement sous les arbres comme des paillettes de boules à neige. J'ai trouvé une petite clairière où m'allonger et j'ai fumé une clope, puis je me suis concentré sur Ambre, future agent EDF, sa toison douce comme du lapin, et ma main s'est activée dans mon bermuda. Ce fut un kaléidoscope de fentes rouges, brunes, poilues, épilées, pénétration, double, seins lourds, boutons de sonnette, aréoles roses, café au lait. J'ai ralenti le va-et-vient, relâché la pression et serré mon bout jusqu'à ce que les palpitations dans ma main s'apaisent. J'ai roulé sur le côté et je me suis mis à genoux ; j'ai repris le va-et-vient, imprimant des mouvements du bassin d'avant en arrière. J'ai pressé encore une fois mon gland, rabattant le prépuce en retenant ma respiration puis ma main s'est de nouveau activée jusqu'à ce que je lâche la purée. J'ai joui dans l'espace infini des arbres et mon râle rugissant fut un poing levé pour tous les cris entravés depuis le début du camp, par Tcherno et Armel dans la tente, les douches communes, les chiottes dégueulasses et Ambre qui m'avait branlé dans les dunes en scrutant sans cesse autour d'elle alors que j'aurai aimé qu'elle regarde. J'ai roulé sur le dos, la main encore dans mon froc, l'autre posé sur mon cœur à l'écouter se fracasser contre ma peau. Je ne sais pas combien de temps je suis resté allongé là ; je me rappelle m'être enfoncé des aiguilles dans la paume quand j'ai essuyé ma main sur le sol et avoir joué avec le soleil et une feuille trouée. Peut-être me suis-je assoupi ? En tous les cas, lorsque je me suis assis, le soleil était bas, les ombres s'étaient carrées dans tous les interstices du bois pour se préparer à la grande parade de la nuit et elle était là.

La tête sortie d'un buisson, elle ressemblait à de ces culs de garçonnets sortis de leurs pantalons de Sarah Kay. Ce n'était pas une fille du camp et elle avait l'air plus âgée que moi. Depuis combien de temps elle était là, je n'en savais rien ni si elle m'avait vu me masturber. Elle m'a regardé un moment sans ciller, puis elle a détalé comme un chevreuil. Je suis rentré au camp la tête dans le gaz, le corps froid. Les autres étaient revenus de la plage et leurs jacasseries pleines de sable me vrillaient le crâne. Une fille – Lana, Léa, Laura – s'est précipitée sur moi, ses cheveux en bataille crêpés par le sel, et me montra sa marque de bronzage en remontant haut son maillot de bain sous son short.

– Regarde… Les vagues étaient terribles, Marc m'a dit que j'étais la meilleure des filles, dommage que tu ne sois pas venu… T'as fait quoi ?

— Rien (*Je me suis branlé sous les arbres*), j'ai bouquiné (*et il y a eu cette fille avec les plus beaux yeux que j'ai jamais vus et ce qui ressemblerait à un bec-de-lièvre mal rafistolé*)…

— Tu manges à notre table, ce soir ?

— (*Nan Bécassine, plutôt me passer les oreilles à l'émeri que passer une heure avec toi : ta voix de foraine m'insupporte, mais moins encore que ta conversation inepte.*) Je ne sais pas, Tonio et Grandlaid veulent manger avec moi.

— Oh.

La déception la rendait presque excitante.

— On pourrait s'asseoir à côté à la veillée ?

Je me suis mordu la lèvre en la regardant, je pouvais presque sentir son vagin palpiter.

— Peut-être.

À la veillée, je lui ai fait savoir par le méchant téléphone arabe qu'elle ne m'intéressait pas. J'espérai avoir refroidi toutes les autres dans le même temps.

Sous la tente, cette nuit-là, je me repassais la fille du bois. À cause de son regard, un regard indolent et empli de convoitise, celui qu'ont sûrement les Grands Méchants Loups conversant avec les petites filles imprudentes. Le serpent se dressa dans le sac de couchage.

# 3

Le lendemain, c'était jour de grand jeu, les chefs avaient bossé tous les soirs en buvant des bières sur des énigmes faites à bases de codes, d'anagrammes et de rébus trouvés dans le manuel des Castors Juniors et tôt ce matin-là, ils avaient noué des rubans de couleur et caché des papiers sous les pierres dans le bois. Un travail de titan... Ça cassait les couilles de tout le monde, en partie parce que c'était des jeux de pistes et qu'à part les Goonies, ça n'intéressait aucune personne de plus de dix ans, et aussi parce que c'était des jeux coopératifs, impliquant le fait d'avoir dans son équipe des louveteaux qu'on nous sommait de surveiller comme du lait sur du feu. Après le déjeuner, on réunit tout le monde à l'endroit où se déroulait le bivouac – la veillée – pour constituer les équipes. Nous avions des foulards de couleur, mais il fallait encore se trouver un nom d'équipe et un cri de guerre, comme si ça ne suffisait pas d'avoir l'air de connards sortis d'un jeu TV. J'arrêtais pas de penser à la fille.

Une heure après que le jeu eut débuté, je me suis fait une vilaine entaille à la main en tombant sur une pierre. Le sang ruisselait et sans être alarmant, c'était quand même impressionnant. Je n'avais rien pour faire un bandage correct, les foulards de l'équipe étant tous d'une propreté relative. Une des louvettes me donna un mouchoir en papier qui fut vite détrempé. Aussi, je décidai de quitter le jeu pour aller me soigner au camp. Sur le chemin, je me suis arrêté pour fumer une clope. Mon short était maculé de grosses taches qui viraient déjà au marron et sur mes jambes, le sang avait dégouliné en longues traînées. Assis sur une pierre, le menton sur les bras, j'observais les mouches piquer mes jambes. Ma main pissait toujours le sang et je la secouai dans l'air, arrosant les feuilles avec un bruit de flaque. Je ne sais pas si c'était la clope, le soleil, le sang perdu ou l'addition des trois, mais j'avais la tête lourde et des picotements dans les mains. Aussi n'ai-je pas réagi quand elle est apparue de derrière un sapin et qu'elle s'est plantée à deux mètres d'où j'étais. Elle était grande, une demi-tête de moins que moi peut-être, et mince. De longs cheveux châtains raides tombaient sur ses bras et sa robe en dentelle blanche. Des taches de rousseurs couvraient son nez, le décolleté et le haut des épaules qui pelaient, laissant apparaître des plaques couleur brique de la forme de pays inconnus. Elle portait une couronne de pâquerettes autour de la tête et des méduses en plastique noires d'une taille impressionnante. Je me suis relevé, les pieds gourds et des fourmis remontèrent en courant jusqu'aux genoux. Elle est restée immobile. Elle me regardait avec une telle intensité que je n'aurai pas été surpris de la voir sortir sa langue et haleter comme un chien. Quand elle s'est mise à bouger, l'air autour d'elle sembla un bloc de gaz chaud. Elle s'est rapprochée, sans me quitter du regard. Elle était maintenant suffisamment près pour que je voie la cicatrice blafarde qui barrait sa lèvre supérieure et la faisait remonter, comme tirée par un hameçon invisible, et ses yeux, à l'iris cerclé de noir, couleur d'or liquide, étirés et surnaturels. Elle a baissé le regard sur ma main qui saignait toujours, mais en filet épais et foncé et s'il l'avait fallu, ce serait à cet instant que j'aurai choisi de tomber amoureux, quand la frange sombre de ses longs cils a effleuré la pâleur de sa peau, la faisant ressembler à ces poupées de porcelaine à la beauté irréelle. Mais l'amour n'était pas dans ce bois ce jour-là, et il ne vint pas non plus les jours suivants, il n'y avait que les arbres en rond et la fureur latente de nos corps. Elle a tendu sa main vers la mienne et lorsque la pulpe de ses doigts a touché ma paume, j'ai été électrisé, comme la première fois où j'ai caressé des seins. Elle a dégrippé mes doigts, les a amenés jusqu'à sa bouche mutilée et j'ai senti mon estomac se retourner. Je voulais qu'elle le fasse, mais je ne voulais pas la regarder faire. Alors, j'ai fermé les yeux. J'ai senti sa langue fureter l'intérieur de ma paume puis ses lèvres venir sucer le sang. Elle faisait des bruits d'animal qui lape. Sa langue qui revenait à la charge me faisait mal, là où les chairs s'étaient déchirées, mais c'était aussi tellement bon. Je bandais comme un âne. Puis, il y eut du froid pénétrant la coupure, et un bruit de pierres qui roulent et qui s'entrechoquent. J'ai ouvert les yeux. Elle détalait déjà, ses longs cheveux en V balayant la peau de son dos laissée nue par sa robe du XIXème siècle. Arrivée en haut de la butte, elle s'est tournée vers moi, le bas du visage barbouillé comme un bébé qui s'en serait foutu partout. Le vent s'était levé, elle m'a regardé du haut de sa colline et ses cheveux flottaient comme un drapeau. On aurait dit un soldat après la bataille, un soldat qui aurait fini les survivants avec les dents.

Je suis rentré au camp peu de temps avant que les premières équipes ne reviennent. Mon équipe arriva la dernière et pour me faire pardonner, je donnai des Carambars aux deux louvettes : je gagnai deux poissons-pilotes jusqu'à la fin du séjour.

## 4

À neuf dix ans, je pensais déjà au sexe, j'avais envie d'être près des filles, de toucher leur peau et de les embrasser. J'aimais regarder leur fente nue sous leur culotte collante. À treize ans, j'avais deux obsessions, le cul et le skate ; à cette époque, je voulais être le premier champion de skate à gagner un Hot d'Or. J'ai touché les seins d'une fille pour la première fois à cet âge-là, dans une salle de spectacle plongée dans le noir. J'ai perdu ma virginité l'année d'après, avec une fille d'amis de mes parents, en Corse. Je me souviendrai toujours de la brûlure du sable sous mon dos, à peine atténuée par ma serviette de bain et le vent qui caressait ma poitrine, le ciel immense, d'un bleu qu'aucune palette du Trecento n'aurait pu reproduire, et la grotte moite de sa bouche qui semblait sans fond, sur ma bite. Ce jour-là, j'avais réalisé deux choses : l'or que j'avais dans les doigts et la langue, et le pouvoir du sexe. Plus tard, au fil de mes pérégrinations sexuelles, j'ai compris que j'avais peu de limites au plaisir. J'ai de la chance, pour certaines filles la planche est une élongation de la bite et celles qui traînent autour des skate-parks sont *hardcore*. Et quand j'en ai marre des crasseuses, je fais le tour des bars à étudiants, il y a toujours une Belle des Champs pour me ramener dans sa Clio propre et parfumée… Cela étant, ça ne couvre jamais l'odeur de merde quand je l'encule. Mais là-bas, dans le bois, pour la première fois de ma vie sexuelle, j'avais eu envie de fuir ce qui ressemblait à un plan cul. Cette fille. Son envie vorace et oppressante, son animalité silencieuse, son bec-de-lièvre… Tout m'excitait et me révulsait chez elle. Et quand j'ai glissé ma main dans mon caleçon ce soir-là, attentif à la respiration de Tcherno et Armel et aux bruits de la nuit, mon éjaculation eut un goût de honte rentrée.

Les jours suivants, je passai mes journées à servir de cheval à mes deux pots de colle, ou à la plage, à chercher des coquillages avec elles. Mais rien n'empêchait mes pensées de se tourner sans arrêt vers le bois, pas même la jolie cheffe des louveteaux qui avait l'air de trouver excitant de me voir faire « à dada ».

## 5

Le vendredi de la deuxième semaine de camp, les louveteaux partirent toute la journée avec l'équipage des filles. La pluie qui tombait dru ce jour-là laissait le choix à ceux restés sur le camp d'exhumer les jeux de société de la malle aux jeux dans la salle de réfectoire, de rester sous les tentes ou de se faire une balade vivifiante sur la plage. Quand Armel s'emballa pour une partie d'échecs et Tcherno pour la promenade en front de mer, j'optai pour la tente. Après le déjeuner, je bifurquai à gauche après la tente et m'enfonçai sous les arbres. La pluie, freinée par la frondaison, ne crépitait plus que par intermittence sur mon K-Way, épargnant le peu de tissu encore sec de mon short, et lorsqu'elle s'arrêta tout à fait, je ne m'en rendis même pas compte. Je retrouvai la pierre plate sur laquelle j'avais posé mon cul pour fumer une clope et je me suis assis ; j'ai appuyé mon dos contre un arbre, face à la butte derrière laquelle elle avait disparu et j'ai attendu qu'elle réapparaisse en fumant clope sur clope. L'odeur de pin montait par vagues depuis le sol, tantôt écœurante, tantôt rafraîchissante, mais jamais discrète. Le soleil et du bleu faisaient de timides réapparitions entre les branches, mais la pluie tirait la couverture à elle et les plocs reprirent de plus belle sur le Gore-Tex de mon K-Way. Je m'étais décidé à repartir quand elle est arrivée.

Elle portait, par-dessus sa robe blanche, un vieux sweat bleu-gris trop grand pour elle, des bottes en plastique et elle s'était mis du rouge sur les lèvres. Elle a avancé vers moi et jeté quelque chose qu'elle tenait derrière son dos sans que je parvienne à voir quoi. Elle ne portait plus sa couronne et avait natté ses longs cheveux, mais elle avait quand même l'air d'une princesse. J'avais l'estomac en vrac. Je savais que nous allions faire l'amour, là, à même le sol mouillé, je savais, je sentais que c'était mal, mais je savais aussi que rien ne pourrait l'empêcher. Elle s'est mise à genoux, à ma hauteur et s'est mise à étudier mon visage, sans me toucher, avec gravité, pendant une minute au moins. Je l'ai regardée faire et j'ai regardé ailleurs, sans rien dire, gêné par son audace animale. Mon cœur battait la chamade. La pluie continuait de tomber en gouttes fines et charriait avec elle sa drôle d'odeur qui montait de ses cheveux et de son corps — mélange de crème pour le visage et de terre ferreuse —. Quand elle eut fini, elle me prit la main, celle que je m'étais écorchée, et la retourna, caressa du bout des doigts la boursouflure encore sensible, puis elle écarta les genoux sur le sol et guida ma main jusqu'à sa vulve sans culotte. Sa toison était dense, rien à voir avec les chattes lisses de gamines des filles que je fréquentais. J'ai hoqueté bruyamment. Elle s'est tenue à l'arbre derrière moi et s'est mise à frotter son clitoris et son trou de balle sur mes doigts que je pouvais à peine bouger. Dans mon short, mon pénis menaçait de tout défoncer là-dedans. Elle gémissait comme un animal à terre. Elle a écarté plus largement les genoux et là mon majeur s'est redressé, elle a joui, la tête levée vers la pluie et avant que moi je n'éjacule dans mon froc, elle a sorti ma queue d'une main et se l'est enfoncée, avec un geste de guerrier Massai, sec et précis. J'ai joui en m'agrippant à la terre, les yeux fermés pour ne pas voir la centaine d'arbres venus au spectacle. Quand elle s'est mise debout, j'ai vu le sang, des gouttes sur le devant de son sweater et des traînées sur le bas de sa robe. Le temps que je regarde ma queue pour savoir si le sang venait d'elle, elle avait déguerpi. Mais il n'y avait rien sur moi et sur mon short non plus.

La pluie m'escorta jusqu'au camp. Un mal pour un bien. Il n'y avait personne dehors pour me voir me diriger vers le bloc des sanitaires. Il y avait des horaires précis pour les passages à la douche, mais je n'avais pas envie d'attendre trois heures pour me laver. Dans les miroirs piquetés de rouille, j'ai examiné mon torse, ma queue, mes jambes, mais je ne portais aucune blessure susceptible d'avoir saigné sur elle et la coupure de ma main ne s'était pas rouverte. Mon visage n'avait rien non plus.

Ce soir-là, la cheffe des louveteaux me fit du rentre-dedans tout le repas au point que ses collègues lui firent les gros yeux. À la fin de la veillée, quand elle me souhaita une bonne nuit, jouant de ses beaux yeux clairs et de ses lèvres, je repensai à celles de la fille, qui semblaient dures et lisses comme des chairs couturées et je me demandai, si elle me taillait une pipe, si je sentirais, sur la peau fine de ma queue, l'endroit où elles remontent comme un accent circonflexe. Je ne suis pas allé gratter à la tente de la cheffe, comme elle l'espérait peut-être. J'ai fini dans la mienne, Tcherno a fait tourner la bouteille de rhum qu'il avait achetée à la supérette du village et Grandlaid un trois feuilles roulé avec du shit qui vous mettait d'équerre. C'est tout ce qu'il me fallait pour ne plus penser. Armel nous a fait rire quand la fumette a commencé à lui faire de l'effet, même si on a dû se mettre à trois pour le museler quand il a commencé à brailler qu'il était un devenu un homme-tronc et que « Oh putain, où sont mes putains de jambes ! ». Je suis tombé comme une masse une heure après. Au petit matin, je me suis réveillé en sursaut, le cerveau brumeux et pourtant clairvoyant ; je suis sorti de la tente et j'ai parcouru le bois jusqu'à la pierre : je cherchais ce qu'elle avait jeté dans son dos.

C'était un poussin. Un poussin à demi enfoncé dans la boue, son minuscule bec encore ouvert, l'œil vitreux contemplant la cime des arbres et la moitié du corps disparu, dévoré, une empreinte de dents sur le duvet poisseux et décoloré, celle d'incisives bien trop larges pour être celles d'un animal. Le sang avait noirci aux bords de la plaie, mais il avait été vif sur ses lèvres.

## 6

Le vent avait balayé les nuages et le soleil, chassé jusqu'à la moindre particule de gris du paysage. J'avais enveloppé le poussin dans un de mes foulards et l'avais fourré dans la poche de mon bermuda. La boue le préserverait encore de l'odeur, mais il faudrait bientôt le jeter. Chaque fois que je le pouvais, j'y jetais un œil et sous le soleil éclatant, la vérité des dents était inéluctable. Je jetai le poussin dans une des poubelles de la plage et balançai mon foulard dans une autre, en ville. Dans la tente, je restai à fixer le plafond se tendre et se détendre sous le vent, à me demander qui était cette fille, de quel terrier ou asile s'était-elle échappée. Mais la question qui ne cessait de revenir à la charge était jusqu'où étais-je capable d'aller si je la revoyais ? Personne ne m'avait inspiré autant de répulsion, pourtant j'avais fait des trucs bien plus crades que baiser une fille muette et peut-être autiste dans les bois. Mais aucune fille ne m'avait autant excité aussi. Malgré cela, je ne revins pas à la pierre ce jour-là, ni celui d'après.

Une nuit, je rêvai d'une minuscule cabane au fond des bois de la taille d'une maison pour insectes dans laquelle j'étais enfermé, nu et contraint à un priapisme douloureux qui faisait que je cognais ma queue à tous les meubles. Elle se tenait à l'extérieur et je la distinguais parfaitement au travers des carreaux étroits et couverts de crasse ; elle soulevait sa chemise de nuit à la mode victorienne et m'aguichait avec son buisson sombre qui tranchait sur ses jambes de craie. Soudain, il se mit à palpiter et à libérer des petits animaux à fourrure, et quand le dernier fut expulsé, un flot de sang noir jaillit d'entre ses jambes, répandant une odeur de décomposition comme celle que j'avais sentie lorsque, au fond du jardin dans un bosquet, j'avais découvert un chaton mort-né recouvert d'asticots. Elle sentait le petit chat mort et dans la cabane, mon envie d'elle était telle que je finissais par jouir sans même me toucher, violemment, les deux mains contre le mur en carton de la cabane et je la voyais me sourire, lascive, derrière les carreaux sales, l'espace entre ses dents noirci par le sang des animaux auxquels elle venait d'arracher la tête.

Le jour durant, je ne cessai de vouloir me laver de ce cauchemar, mais ni l'immensité de l'océan dans lequel je tâchais de me perdre à coups de palmes ou de rames rageurs, ni l'oppressante compagnie des louvettes n'y parvinrent et le soir près de la guitoune des louveteaux, quand la bouche de la cheffe me chercha maladroitement dans le noir, je souhaitai qu'un cataclysme dévaste le camp et engloutisse la pierre, emportant cette envie lancinante qui me tenaillait de faire des trucs avec la fille aux méduses qu'on ne ferait pas dans les conditions normales d'utilisation de la femme et de l'homme.

Le lendemain, il restait trois jours de camp à tirer. Les images du rêve et du poussin s'étaient éloignées, chassées par le désir obsédant de la revoir et de baiser avec elle dans l'humidité noire du bois jusqu'à ce que nos corps tombent en déliquescence.

# 7

À l'heure du petit déjeuner, j'avais fumé l'équivalent d'un demi-paquet de tabac et les gars me retrouvèrent attablé devant mon troisième bol de café, en train de tirer sur mes cheveux un peu longs pour faire passer le mal de crâne qui menaçait. La matinée durant, je respirai la bouche ouverte comme un poisson-chat en train d'agoniser sur la berge. Après le déjeuner, les gens partirent à la plage, firent leur lessive, jouèrent au foot. Les louvettes me cherchèrent pour aller voir les vaches du pré voisin, mais je leur dis que j'allais me reposer dans ma tente, car je ne me sentais pas en forme. Comme mon teint pâle et les ombres mauves qui s'étalaient sous mes yeux appuyaient mes dires de toute leur force, elles n'insistèrent pas et passèrent leurs petits bras fins comme des baguettes autour de mon cou sous le regard brumeux de la cheffe. Elles promirent de me cueillir de belles fleurs et de la lavande si elles en trouvaient, car « c'est apaisant, on en frotte son oreiller et on dort bien après ». J'espérai de tout mon cœur qu'elles en trouvent.

Au lieu d'aller dans la tente, je rejoignis les gars au foot et tapai comme un sourd dans le ballon jusqu'à ce que mon crâne ne soit qu'une immense pulsation et que mes jambes tremblantes déclarent forfait. Une demi-heure après, j'étais à la pierre, torse nu et les cheveux collant à mon front comme un casque de cheveux Playmobil, tellement épuisé que j'avais du mal à tenir debout. Le soleil faisait la grande roue derrière les arbres et il avait eu beau étirer ses rayons à l'infini, à la course, certains avaient perdu, stoppés dans le haut du feuillage, plongeant le bois dans une semi-pénombre ; les perdants allumaient le vert des pins comme une guirlande de Noël fatiguée et les vainqueurs avaient été absorbés par le sol qui restait chaud sous les pieds. J'ai attendu, la tête vide, les membres et les sens éteints, qu'elle apparaisse comme par magie.

Était-ce la surprise ou la lumière du bois ou le désir ou un mix des trois, toujours est-il que lorsqu'elle arriva, je la trouvai encore plus magique et terrifiante que les fois d'avant. Elle portait un jean large au bas tire-bouchonné et un t-shirt noir floqué — un de ces t-shirts qu'on vend sur les marchés, entre les blouses pour le ménage et les coques de portables — avec un Michael Jackson plus foncé qu'il ne l'avait jamais été et reproduit de traviole. Aux pieds, elle avait ses gigantesques méduses noires qu'elle avait dû choper au rayon hommes du Super U du village, offrant toujours ce contraste saisissant entre le bas et le haut de sa personne. Ses cheveux étaient coiffés en un chignon haut d'où s'échappaient aux tempes et sur la nuque des petits cheveux, rehaussant la pureté du contour de son visage et révélant un cou gracile, souple comme celui d'un faon. Son regard alla de mes cheveux encore humides à mon torse et descendit, s'attardant sans vergogne sur mon abdomen. Un regard qui n'avait rien d'ému ni de faussement ingénu, elle me regardait comme si elle voulait me bouffer tout cru — sans mauvais jeu de mots —. Je me suis approché d'elle, fasciné par sa lèvre en forme de doigt d'honneur qui laissait entrevoir la nacre de ses incisives, une lèvre que je voulais sentir sur chaque $cm^2$ de ma peau. Elle me regardait et c'est comme si mentalement, elle jouait à abaisser le chien de mon flingue et à le relever, sans arrêt. Elle fit sauter ses méduses et ôta son jean. Sa culotte bleue, large et collante, assortie aux veines qui cheminaient ses cuisses transparentes, gonflait au niveau du pubis. Elle retira son t-shirt, elle avait des petits seins pointus aux aréoles roses et larges. Là, sous les arbres, des taches de soleil dansant sur sa peau nue et son impressionnant con velu, j'avais l'impression d'être dans un porno naturiste des années 1970.

Quatre mois après le camp, il y eut un incident, à cause d'un de ces désodorisants en forme de sapin qu'on met au rétroviseur intérieur des bagnoles et qui, d'après l'emballage, sent le pin des Landes ou d'après le monde entier, les chiottes des années 80. C'était dans la Jaguar de mon grand-père — le gars roule dans une voiture à 400 000 balles qu'il parfume avec un sapin Magique à l'odeur de chiotte... serre la main à un radin et compte tes doigts après... —. Bref, j'étais dans sa voiture, et passé le rond-point du lycée, j'ai eu une crise de nerfs, je me suis mis à pleurer et à taper partout, quelque chose de suffisamment impressionnant pour que Papy radin refuse que mes parents paient les dégâts. Quand le médecin m'a demandé si je me rappelais de quelque chose de significatif avant que cela n'arrive, j'ai menti, j'ai dit non... Qu'aurais-je dû dire ? Que les sapins en carton tiennent toutes leurs promesses, que dans la bagnole ça sentait bien le pin, — aussi sûrement que si j'avais été là-bas à me rouler sur le tapis d'aiguilles — et que ça m'avait rappelé le bois, et les arbres en cercle autour de nous ? Que pendant que je flinguais le siège en cuir de la Jaguar en me pissant dessus, elle m'était revenue — juste une seconde — mais aussi nettement que cet après-midi clair où elle s'était avancée vers moi, ses yeux dorés qui me transperçaient le cœur et la bite ? Je n'ai rien dit. Et j'ai arrêté de monter dans la Jaguar de mon grand-père.

Elle a effleuré l'intérieur de mon cou et sa main est descendue, s'attardant sur mon torse, sa paume aussi fraîche et légère que la caresse d'une plume. J'ai tendu la main vers son visage. Le soleil semblait avoir effacé son étrangeté. Elle était belle et douce et nous allions faire l'amour et tout ça paraissait enfin normal. Autour de nous, les feuilles de peupliers bruissaient dans un bruit de maracas, le vent caressait notre peau et soulevait les cheveux de notre front. C'était merveilleux. J'ai embrassé sa lèvre et une onde de choc m'a parcouru, m'électrisant jusqu'à la pointe de mes cheveux. Cette fois, j'avais pris le contrôle et pendant un moment, j'y crus, je crus à cette histoire d'une fille et d'un garçon se désirant, comme des millions d'autres, sous le regard de la nature et de l'été. Mais les bois allaient en raconter une autre qui – si j'avais su lire – était déjà écrite en partie sur son corps, une histoire qu'elle avait écrite elle-même.

J'avais joui déjà deux fois et j'étais à genoux, et je croyais qu'elle avait eu son compte aussi, mais elle en redemandait encore. Je me suis écarté d'elle :

– Attends, laisse-moi souffler, tu veux ?

Elle a reculé, s'est assise sur les genoux et m'a regardé comme si j'étais une espèce étrange. Son chignon s'était défait et le sexe lui avait mis joliment les joues en feu ; du sperme séchait sur ses cuisses et j'ai réalisé qu'on n'avait pas mis de préservatif.

J'ai fermé les yeux, bercé par l'ocytocine, la brise qui s'était levée et le bien-être absolu du gars qui vient de tirer sa crampe avec une fille sublime… Je l'ai entendue bouger, loin, dans un coin de ma tête, les aiguilles de pin craquant sous ses pas. Je n'arrivais pas à ouvrir les yeux. À un moment, j'ai tendu le bras pour la toucher, mais elle n'était plus là. J'ai fini par ouvrir les yeux. Elle était assise plus loin et avait patiemment attendu que je revienne à la charge. Je me suis redressé et j'ai souri. Je rebandais déjà. Elle s'est approchée et cette fois-ci, elle prit le contrôle des choses, mais finalement ne l'avait-elle pas toujours eu ? Elle m'avait juste laissé croire un instant le contraire et tout ça n'avait été un prélude à ce qu'elle voulait vraiment. Elle se mit sur moi, sans me quitter des yeux et se mit à me chevaucher lentement, profondément. Je m'accrochais à elle, à son regard, mes doigts s'enfonçant dans la peau moite de ses reins. J'ai fermé les yeux, il me semblait qu'autour de nous le bois, le soleil, le vent, tout avait été englouti par l'espace immense et vorace de cette sexualité brute, sans partage et sans âge, une lame de fond venue de temps immémoriaux où nous étions seuls, comme les tout premiers êtres sur Terre à forniquer. Je voulais rester en elle pour toujours. Elle accéléra le mouvement, j'entendais ses gémissements humides, j'allais jouir et j'ai ouvert les yeux. Elle mordait dans son bras et du sang coulait en un filet droit, sur moi. Elle avait les yeux fermés, mais je voyais le blanc sous ses paupières tressaillantes. J'étais pétrifié. Elle a arraché son bras de ses dents avec un bruit de mastic frais et m'a regardé, des filets de bave et de sang mêlés pendant à sa bouche. Elle respirait vite, ses narines souillées de bulles de sang palpitant comme des voiles lancées au vent et ses lèvres barbouillées allumaient un éclat particulier à ses yeux mordorés, à moins que ce ne soit l'ivresse du sang. Je me suis redressé et j'ai cherché sa bouche, et le goût du sang, fade et métallique sur sa peau, m'a rendu fou. Combien de temps cela a-t-il duré, je n'en sais rien. Elle est retournée à son bras et j'ai été d'accord, j'ai été d'accord pour tout. On a fini par s'arracher l'un à l'autre comme si nous ne supportions plus le contact de l'autre sur soi. Très vite, les arbres, le soleil ont réapparu et… la réalité. Des Polaroïds de carnage, de corps pétrifiés dans le sang, du désir, violent, sans âme, sans fin et moi… qui en redemandais encore et encore. J'haletai toujours quand je me rhabillai en hâte, sans la regarder, bien content d'avoir été torse nu quand nous avions commencé, car j'avais la peau marbrée de sang et rien à proximité pour me nettoyer avant le camp. J'ai remis mon t-shirt et je suis parti, sans me retourner, sans courir, mais presque. Au bout de quatre cents mètres, à bout de souffle, je me suis arrêté derrière un arbre et j'ai guetté pour voir si elle m'avait suivi. Je me suis assis et j'ai attendu ; mon bermuda cachait les traces de sang à l'intérieur de mes cuisses, mais j'en avais aussi sur les mollets, les genoux et les mains que j'ai frottés avec des feuilles et de la bave. J'ai attendu qu'elle arrive en courant, son chignon défait et son bras pissant encore le sang… J'ai attendu. Mais elle n'est pas venue. Avant d'arriver au camp, je me suis lavé les mains et la figure dans la tente avec l'eau restée dans nos gourdes et j'ai changé de t-shirt et de bermuda. Sur le camp, une partie de foot avait recommencé et des gars m'ont salué de la main ; sous les arbres, des filles avaient installé des tables et des ateliers d'activités manuelles. Personne n'a semblé trouver mon absence suspecte. J'ai filé aux sanitaires me nettoyer aux lavabos. Le sang sur mon torse avait séché en traînées marronnasses et desquamait, j'en avais jusque dans le cou, j'en avais jusque dans les cheveux ; je puais la tombe et le vieux fer à cheval. Je me suis lavé en foutant de l'eau partout sur le sol et les miroirs et j'ai vu, en haut de l'épaule, au-dessus du téton, dans le cou aussi, la trace de ses dents qui virait au pourpre. Dans le miroir, mon visage était livide, sauf ma bouche : il y avait du sang, dans les fissures, les petites peaux et les commissures, j'ai étiré mes lèvres : de la chair, entre les dents, sur les gencives. J'ai éructé bruyamment, mais rien n'est sorti. Quelles marques lui avais-je laissées sur le corps ? Le cou, les seins, les cuisses ? J'avais du mal à me souvenir. Avais-je envie de me souvenir ? J'ai frotté mes dents et ma langue avec mon index et du dentifrice à la fraise oublié sur une des tablettes. Un moment, j'ai dû me tenir au lavabo, sûr que j'allais tomber dans les pommes, puis tout a repris sa place, mais j'ai attendu un moment avant de tenter une sortie. Je suis retourné à la tente mettre un t-shirt à manches longues et un foulard ; ni Tcherno ni Armel ne s'y trouvaient. Au bivouac, je me suis assis face au bois et j'ai attendu sous les ballons qui avaient orné la fête de la totémisation qu'elle débarque au camp et qu'elle foute ma vie en l'air… Je ne sais pas combien de temps je suis resté là, à cligner des yeux sous le soleil, mais quand il a commencé à descendre, je suis allé voir les louvettes : j'avais besoin de gentils bisous, de voix câlines et de gestes tendres, un rempart d'innocence aux images de ce que j'avais fait deux heures plus tôt. Malgré tout, leur babil gnangnan n'a pas couvert le son de ses cris orgasmiques que je continuais d'entendre dans ma tête, le seul son que je n'avais jamais entendu d'elle, des cris qui ressemblaient à des cris d'animaux enfermés dans des bidons de fer.

Cette nuit-là, je ne dormis pas. Je guettai la nuit et les bruits dans la nuit. Elle n'était peut-être pas loin dans le bois, dans sa tanière, à dormir en chien de fusil, ou sous les étoiles et les sycomores à tracer des signes étranges dans les airs, ou dans un institut spécialisé à bouffer les mouches mortes alignées sur le rebord de sa fenêtre à barreaux. Elle était aussi irréelle et concrète que la lune, aussi immatérielle et solide qu'un cauchemar au petit matin et si ce n'étaient les marques de ses dents sur moi, j'aurai pu croire qu'elle n'avait jamais existé.

## 8

Nous partions deux jours plus tard, au matin du troisième. Dès le lendemain, le camp ressemblerait à un camp de gitans : des sacs à dos et des valises ouvertes entre les tentes, remplis à moitié par des pochons en plastique de fringues sales et de vaisselle en aluminium, attendraient les derniers vêtements qui séchaient sur des cordes tendues entre les arbres comme des guirlandes de fanions, et tout au-dessus, soigneusement enveloppés dans la dernière serviette éponge propre, les cadeaux pour les parents. Temps du bilan, des échanges d'adresses et de téléphones, des promesses dans le vent et des souvenirs d'il y a trois semaines, lorsque nous n'étions que des gosses de 15-16 ans par le nez duquel nous sortait du lait et non pas encore des gosses de 15-16 ans plus trois semaines de camps d'Éclaireurs, ce qui équivaut en années d'EdF à dix-sept ans, voire dix-sept ans et demi. C'est l'effet catalyseur des vases clos. En trois semaines, vous aviez l'impression d'avoir vécu douze vies et le retour à la vie normale se fait dans une sorte d'hébétude qui peut durer des jours, avec ce sentiment profond de détenir — après des semaines à chanter autour d'un feu, en short et foulard bicolore, avec des personnes sur lesquelles dans la vraie vie vous ne vous seriez jamais retourné — les secrets de la Vie inaccessibles aux Moldus. Un mec comme Tcherno dans mon lycée aurait sonné les cloches de la chapelle, et Armel… Armel putain, il aurait fait des pipes au Nutella à la chaîne dans les douches des terminales… Pourtant, ce sont de vrais tristes jours que ces jours-là, avec un sentiment d'une perte d'amitié absolue, de celle qu'on ne retrouvera jamais. Encore serions-nous épargnés du désolant spectacle qu'offriraient les rectangles d'herbe aplatie de sous les toiles de tente repliées et celui du totem démembré, car c'était toujours les chefs et le directeur — mornes forains errant dans une foire démontée et vide — qui restaient pour finir de ranger le camp et ramener les cantines de fer.

Alors, jusqu'au bout il était prévu de profiter de la plage, des chemins de randonnée, du village pittoresque et de tout ce qui était gratuit. Le lendemain, j'allai à la plage la matinée durant pour fuir la proximité du bois et en même temps, je m'attendais à la voir débarquer sur le sable avec un seau, une pelle… et ses méduses gigantesques. Planqué derrière la visière de ma casquette, le corps des louvettes et des pâtés de sable, l'idée que si j'allais dormir dans la guitoune des louveteaux, je serais protégé par les sacs de couchage Flash McQueen, l'aura des licornes et des shampoings qui ne piquent pas les yeux et que là-bas, elle ne pourrait jamais venir me prendre, tournait en boucle dans ma tête.

Pourtant, le soir, lorsqu'Armel et Tcherno voulurent dormir à la belle étoile avec d'autres près du feu, je sautai sur l'occasion de rester seul sous la tente et d'aller la nuit dans le bois à la pierre la retrouver. Mais elle n'est pas venue.

Le lendemain, il restait un jour.

## 15

J'ai arrêté de vouloir me rappeler ce dernier jour de camp. C'est comme essayer d'attraper de la fumée entre des doigts gantés de fer. Mes souvenirs de ce jour commencent la nuit dans la tente, quand je la vis une première fois en rêve et puis après dans les bois. Dans les deux cas, ce fut un cauchemar.

Dans le rêve, elle venait me pourchasser dans mon lycée, dans les couloirs étroits menant aux salles d'art plastique du dernier étage où on crevait de chaud dès avril, ses méduses énormes résonant sur le parquet terne comme l'effet spécial d'un mauvais film d'horreur ; ça aurait pu être ridicule et drôle, mais c'était juste terrifiant, comme être poursuivi par un taureau la bite à l'air, prêt à tout pour t'avoir. Elle finissait par me coincer dans un cul-de-sac où se dressait le totem de la veillée, mais en réalité c'était la chapelle où se déroulaient les heures d'étude et elle s'approchait, tendant vers moi au niveau du pubis une bête indéfinissable – fouine ou furet –, raide comme un bout de bois et je pleurais comme un bébé, perdu dans les ténèbres d'un bois des Landes, le croque-mitaine à l'énorme bite à fourrure à mes trousses.

Dans la réalité, je suis allé jusqu'à la pierre dans la nuit, comme un automate. Elle était là et je l'ai suivie docilement, le cœur à la fête, comme un enfant du pays d'Hamelin.

Elle m'entraînait à travers bois, me tirant derrière elle comme une grande sœur qui traînerait son frère vers une grosse bêtise à faire. Au-dessus de nous, filait une lune de sang, présage de mort et – selon la Bible et les fans de Warhammer –, de fin du monde, de cataclysmes et un moment particulièrement propice aux sacrifices humains et à l'invocation des démons. La lumière qu'elle diffusait avait quelque chose d'artificiel et de brumeux, comme les néons glauques d'un peep-show, mais je discernais sans peine ses cheveux ramassés en une lourde tresse reposant au creux de son dos étroit, la dentelle blanche de ses bretelles qui encadraient sa peau. Mon cœur cognait comme un sourd dans ma poitrine, j'avais des picotements dans la main qu'elle tenait et la tension au niveau du sexe était délicieuse. À un moment, elle s'est arrêtée sous la lune et s'est tournée vers moi, le regard agrandi par l'obscurité et elle m'a souri. Elle avait les dents et les lèvres maculées de sang… Elle avait commencé sans moi.

Je me suis approché d'elle, la queue dans mon caleçon aussi raide qu'il était possible, prêt à la baiser maintenant et longtemps de toutes les manières qu'elle le souhaitait. Est-ce que je savais ce que je faisais ? Est-ce que je me sentais immoral ? Oui et oui, peut-être pas digne de figurer comme pensionnaire au château de Selling, mais suffisamment pour être sur le Darknet. Je savais surtout que j'avais aimé ça, le sang sur moi, sur elle, sentir l'odeur plate et métallique, le goût poisseux sur les lèvres. Et maintenant que nous étions loin du camp, d'Armel le bénédictin à mi-temps et de toute civilisation judéo-chrétienne, ce qu'il y avait entre elle et moi était sinon normal, du moins à nous.

J'ai tendu la main vers sa bretelle en dentelle, mais elle a arrêté mon geste et m'a entraîné de nouveau dans les bois, loin. À mesure que l'on avançait, les arbres semblaient se figer comme un théâtre d'ombres. Il était de plus en plus difficile d'y voir distinctement et je trébuchais derrière elle, ne percevant plus qu'à peine le tissu blanc de sa chemise de nuit dansant dans l'air comme une lampe en papier. Après un temps qui me parut infini, elle s'arrêta et me lâcha la main. Autour, les arbres s'étaient rassemblés et leur allure de décor avait quelque chose d'irréel et d'effrayant. Mes yeux finirent par trouver la voûte étoilée et j'ai contemplé le ciel découpé entre le haut des branches, toujours étonné de cette façon qu'avait parfois la nature de savoir imiter aussi bien l'art. Tout à coup, elle fut sous la lumière barbouillée de la lune, à une vingtaine de mètres de moi, comme si une poursuite l'avait soudainement éclairée. Elle était debout au milieu de pins en demi-cercle qui avaient l'air de se tenir par la main ; elle était nue. Le bal ouvrait de nouveau ses portes, mais tout à coup, je n'étais plus très sûr de vouloir danser. Elle me fit signe et j'avançai en traînant des pieds. Étaient-ce les ombres dans les arbres, cette étrange lumière de sang ou le voile de la princesse avait-il glissé, dévoilant la face pile de son être ? Elle me parut hideuse, c'était comme regarder son reflet dans de l'eau vaseuse : l'exaltation transparaissait sur son visage, gonflant ses traits comme une noyée. Elle sourit, je voyais à la commissure de ses lèvres une timidité gênée et je réalisais que ses yeux n'étaient pas agrandis par le noir du bois, mais l'espoir fou, absolu d'être aimée et tout à coup, je compris : elle m'avait amené chez elle pour me montrer la grotte humide dans laquelle elle avait vu le jour et me présenter sa famille, d'autres êtres comme elle qui vivaient accroupis, issus de l'union d'un homme et d'une bête. Elle voulait qu'on l'aime. Comme les monstres de foire voulaient être aimés…

Elle me prit la main, m'amena en reculant vers un buisson et s'accroupit. Comme je ne bougeai pas, elle me tira sur le bras pour que je m'asseye aussi. Je me suis laissé tomber sur les genoux, raide et crispé par son insupportable sourire. Derrière elle, dans le feuillage du buisson, il y avait quelque chose, des taches blanches et colorées – des fringues ou des sacs de supermarché – et j'ai pensé que c'était son squat, qu'elle m'avait vraiment amené chez elle.

Elle a reculé et écarté les branches : dans la pénombre, j'ai cru voir du tissu bariolé, des formes géométriques… et une main. J'ai pensé qu'elle avait invité quelqu'un d'autre – une copine comme elle –, et que notre duo sous la lune allait devenir une partie à trois pour joyeux fans de Carrie au bal du diable et je me suis approché à quatre pattes.

Ce n'était pas un libertin, mais un petit garçon dans son pyjama, un petit garçon allongé sur le dos.

Elle s'est mise à lui tourner autour et à le renifler comme un chien, le cul tourné vers la lune qui apparaissait et disparaissait sous les lambeaux des nuages. Il avait le pantalon baissé et son minuscule tuyau reposait comme une fleur fanée sur l'élastique de la taille. Son visage, tourné vers les arbres, ne laissait voir que l'oreille et une partie de sa joue qui se découpaient sous la lune, blancs comme de la craie. Il était mort, et même si les ombres avaient avalé la moitié de son visage et son corps, il n'avait pas l'air d'être endormi, il avait l'air d'une enclume s'enfonçant dans le sol, il avait l'air d'être mort depuis longtemps. Elle se pencha sur lui et se mit à faire des bruits humides de loup. Je n'ai pas hurlé, je suis juste resté, là, pétrifié et lorsqu'elle a levé la tête, le bas du visage trempé de sang, je me suis mis à pleurer doucement. Elle s'est approchée de moi et a papillonné des yeux, de cette façon merdique qu'a de faire le genre féminin en pensant que ça fait bander, mais à part de vieilles bites et des fans de Betty Boop, tout le monde trouve ça à chier. Elle a tendu ses doigts vers moi, mais je l'ai repoussée violemment et elle est tombée sur le cul. Je me suis éloigné en titubant et j'ai hurlé, sans fin. Au loin, un chien a aboyé. Quand je me suis arrêté, j'ai pleuré, les deux poings contre ma bouche pour ne pas hurler de nouveau. Elle me regardait, le regard vide, vaguement effrayée et complètement abrutie. Je me suis précipité sur elle et je l'ai secouée comme un prunier en lui hurlant dessus. Son visage s'est défait, comme des morceaux de banquise qui se décrochent. Je l'ai lâchée, à bout de souffle, et je les ai vues, les cicatrices, certaines roses, d'autres blafardes sous le hâle de sa peau. Des traces de morsures et de coupures, sur les bras, le dos de ses mains, sur les cuisses, des balafres livides et boursouflées, soudain tellement visibles sous la lumière noire de la lune. Elle s'est mise à pleurer doucement en se balançant sur les talons, les bras autour de ses genoux et cela ressemblait à une petite chanson. J'ai fermé les yeux, à bout, en souhaitant que lorsque je les rouvrirais, ils aient disparu tous les deux et que je sois en pleine crise de somnambulisme. Quand je les ai ouverts, elle me regardait par-dessus ses bras minces, elle me faisait l'effet d'un chien, la queue entre ses jambes, attendant qu'on lui file sa trempe. Je suis parti sans me retourner. Et je ne l'ai plus jamais revue.

Je ne me rappelle presque rien de mon retour au camp, je me rappelle la lune et les nuages me filant tout le long du trajet, je me rappelle être tombé.

Arrivé au camp, je me suis dirigé vers la guitoune bleue et j'ai réveillé la cheffe des louveteaux. Je l'ai emmenée par la main et on l'a fait sur la plage et lorsque je réussis à éjaculer, je pleurais.

Nous avons quitté le camp au petit matin. Aucun louveteau ne manquait à l'appel et aucun convoi de gendarmes ne nous a barré la route. J'ai retrouvé mes parents, tout bronzés de leur séjour en Grèce où ma mère était en contrat avec une chaîne d'hôtellerie de luxe et j'ai dit au revoir aux gars. Cela fait un an et demi que je ne les ai pas revus. Je ne veux plus partir avec les EdF ni aucun organisme de vacances pour jeunes, je suis mes parents comme un petit toutou dans presque tous leurs déplacements. J'ai peur de faire de mauvaises rencontres. J'ai quand même gardé contact avec Armel qui me rappelle constamment tout ce que je rate de génial durant les week-ends de rassemblement.

## 16

Je ne sais pas qui était ce petit garçon. Personne n'est venu le réclamer et aucun signalement de disparition lui correspondant n'a été fait à cette époque. Parfois, je me dis qu'il n'a jamais existé. Parfois, je me dis qu'il a existé et qu'il était encore vivant dans le buisson, même si je n'y crois pas vraiment. Parfois, je me dis qu'elle n'a pas existé non plus, mais les cicatrices aujourd'hui blafardes qu'ont laissées ses dents me rappellent que si. Ce que je crois, c'est qu'il y avait un camp de gitans — des vrais, pas les crasseux en Crocs et mini-robes fluo qui marchent le long des nationales avec leur bébé dans les bras — installé pas loin du nôtre cet été-là. Je pense que le gamin venait de là. Je pense qu'ils venaient tous les deux de là et que ça s'est réglé entre eux. Ou bien venaient-ils d'une de ces familles de consanguins qui vivent comme des arriérés dans leur ferme… Il m'arrive encore aujourd'hui de guetter les faits divers et les disparitions d'enfants à la TV ou les journaux de la région comme si je pouvais la suivre à la trace, mais de moins en moins.

Juste après le retour du camp, c'est comme si elle n'avait été qu'un rêve brumeux. Pourtant baiser avec elle avait été la chose la plus concrète, la plus vivifiante, la plus intensément réelle de toute ma vie, comme baiser de la terre glaise sous une jeune Voie Lactée. Puis les rêves, — les vrais, ceux de la nuit — sont arrivés. Dans certains, j'étais petit — un louveteau —, et je dormais dans la grosse guitoune bleue ; je me réveillais dans le noir et elle se tenait au pied de mon lit, ou bien elle grattait à la toile de tente et m'attirait avec des lucioles dans des bocaux, des Playmobil, des jouets trouvés dans des paquets de céréales et je la suivais docilement. Chaque fois, elle était différente, elle pouvait avoir l'air magique sous le clair de lune, elle pouvait avoir l'air d'une princesse sous la pluie, d'autres fois elle était telle que je l'avais vue la première fois, en chemise de nuit avec des méduses géantes. Dans les bois, elle m'allongeait et baissait l'élastique de mon pyjama et regardait mon pénis. Puis elle se mettait à quatre pattes et à fouir ma peau comme un sanglier et je restais paralysé par la peur et le désir. Alors, elle se redressait et elle hurlait à la lune, le visage en sang puis elle s'allongeait à côté de moi, son bras couvert de cicatrices posé sur mon torse et nous regardions ensemble le ciel étoilé. D'autres fois, j'avais de nouveau quinze ans et elle m'entraînait par la main au travers du bois, l'air empreint d'une douceur odorante au parfum de pin et la lune en feu allumait des lumignons vermeils sur le haut des arbres comme une guirlande lumineuse dans une fête de village. Puis elle me lâchait dans le noir comme un ballon de baudruche à la fête foraine et je me retrouvai seul et désorienté. Et quand mes yeux parvenaient à s'habituer à la pénombre, je réalisais que je me trouvais devant une tombe fraîchement creusée, des petits animaux morts recouvraient le tertre en terre et mon nom était inscrit dessus avec le sang invisible des licornes. Alors, je pleurais et elle essuyait mes larmes avec ses doigts crasseux en me regardant sévèrement, puis, dans la magie du rêve, elle devenait belle et terriblement bandante. Et quand elle m'embrassait, son épouvantable bouche sur la mienne, je voulais qu'on baise sur la tombe et rester avec elle pour toujours. Ce sont là les rêves les plus agréables. Les autres concernent le gamin : il est dans le buisson et je vois les branches bouger et s'écarter. Il s'est redressé et se tient debout, et je vois par le tissu de son pyjama Star Wars (ou Pokémon ou Avengers, c'est selon) tendu sur son ventre rond qu'il est un peu grassouillet, sa joue blafarde pend comme un morceau de papier peint qui se décolle et son orbite gauche est vide ; il tend les bras dans ma direction (à l'un de ses poignets, il tient un sac en plastique) et avance comme un zombie ; certaines fois, il ne porte rien en bas et son petit oiseau pointe tout raide vers moi comme un doigt accusateur, mais ce qui ne change pas, c'est sa question, qu'il pose d'une affreuse voix de pierres qui s'entrechoquent : « Pourquoi tu ne m'as pas sauvé, j'étais vivant encore, à moitié dévoré, mais respirant encore. » Ces rêves-là me faisaient hurler la nuit, ou me faisaient me réveiller en pleurant ; une fois j'ai même pissé dans mon lit. Mais les pires étaient ceux où ce n'était pas la fille qui l'attaquait, mais moi, elle me regardait faire avec une extase animale qui me mettait en transe et nous finissions par baiser sur son petit corps. À mon réveil, j'avais systématiquement une érection.

## Épilogue :

Aujourd'hui, les rêves ne viennent plus aussi souvent. Je fréquente une fille de mon lycée qui ne le fait que sur le dos. Ça me convient. Je ne suis plus aussi « demandeur » qu'avant de toute façon. J'ai ramené ça du camp. Et aussi, j'évite les supermarchés depuis qu'au Leclerc, il y a quelque temps, j'ai eu une érection devant des caissettes en promo de steaks. Des fois, il m'arrive d'avoir envie de pleurer devant une bavette trop saignante. Alors aujourd'hui, je ne mange que des putains de galettes au quinoa ou de la chair qui a été broyée, réduite en poudre, régurgitée, remâchée et colorée. Que du Domac.

# YOUNG HEARTS

La première fois que Ben vit Loïs, ce fut le jour où elle emménagea dans l'appartement en face de chez Eddie Dunham, son meilleur pote ; elle tirait de gros cartons de l'ascenseur et il l'avait aidée à les porter jusque dans sa chambre. Ils avaient discuté un moment, lui assis sur son lit et elle rangeant les étagères ; elle venait du sud de la ville et ils avaient déménagé parce que son père avait enfin trouvé du boulot dans l'usine de composants électroniques située à la sortie de la ville. Elle était heureuse, car elle pouvait désormais aller à pied à son club de tir à l'arc et était inscrite dans le même bahut que son amie Nicole. Elle avait tourbillonné dans sa chambre comme une fée de dessin animé et parlé sans discontinuer jusqu'à ce que son père se pointe. Pour le remercier, elle lui avait offert une canette de faux coca et s'était penchée pour lui faire un bisou sur la joue. Quand il avait retrouvé Eddie plus tard dans la journée et qu'ils avaient joué à la console jusqu'à l'heure du dîner, il avait été incapable de savoir à quels jeux, ni de quoi ils avaient parlé et le soir, à la table familiale, il avait supplié sa mère de l'inscrire au club de tir à l'arc. Dès le début, Eddie s'était montré moins enthousiaste : il ne la trouvait pas spécialement jolie et il pensait que c'était une *nerd* doublée d'une nunuche ; ensuite il lui trouva (assez mesquinement) une ressemblance avec Constance la sœur de Ben, mais à part les taches de son et la couleur des cheveux, elles étaient différentes : quand sa sœur avait l'air d'une petite brioche sortie du four, chez Loïs tout était aigu et travaillé à la serpe : un nez pointu, des yeux étirés comme ceux d'une noiche et des pommettes hautes, seule sa bouche suivait une route plus voluptueuse ; quand Constance lâchait ses cheveux au vent ou les retenait par des barrettes de gamine, Loïs les ramenait en une queue de cheval stricte et fière. Constance était un petit pot à tabac, Loïs une grande gigue. Elle portait des hauts de mec informes, des *hoodies* ou des t-shirts de sport, des chemises larges et en bas, des jeans serrés qui moulaient disgracieusement ses pattes de faucheux et son cul plat, mais pour Ben, elle était une Madone égarée au pays des HLM et il avait peur d'une chose : que le reste de la cité s'en rende compte. Rien que d'y penser, ça le rendait à moitié fou. Il s'était acheté un déodorant Axe qui promettait de faire tomber les filles comme des mouches, mais qui d'après Eddie sentait la merde de bébé et il essayait de se grandir en mettant du papier journal plié dans ses Nike Air. Quand la mère d'Eddie s'absentait, il restait à épier sa porte par le trou de la serrure pendant qu'Eddie jouait à Call of Duty en le traitant de sale pervers. Une fois, il l'avait même invitée chez Eddie qui l'avait regardé se servir dans les placards et jouer les ambassadeurs comme si c'était lui qui touchait les allocations logement de l'appart ». Et dès qu'il le pouvait, il essayait de se retrouver avec elle sur le palier ou l'ascenseur, laissant son pote en plan. Ensemble, ils s'asseyaient dans le couloir et ils parlaient de tout et de rien – en échangeant un paquet de bonbons ou une canette de soda –, du collège, du sien (elle était dans le privé), du tir à l'arc et de son ambition de faire peut-être les jeux Olympiques un jour. Il adorait sa façon de s'asseoir en tailleur, le dos bien droit et étiré comme celui d'une danseuse classique, sa manière de faire voler ses mains lorsqu'elle s'animait, les mèches de bébé de son front qu'il rêvait d'embrasser et sa voix, douce et posée ; il la dévorait des yeux, caché derrière ses bras posés sur les genoux, le souffle suspendu à toute expression de son être, du battement de ses cils à son rire – même si c'était presque toujours Eddie qui la faisait rire –. Un jour, il finit par se raser les cheveux parce qu'elle lui avait dit qu'elle était fan de Jordan Camino, un champion de tir à l'arc qui n'avait presque pas un poil sur le caillou. Dans la glace, sous les néons de leur minuscule salle de bain, il avait trouvé qu'il avait l'air d'une fille cancéreuse, mais Loïs, qu'il avait croisée quelques jours plus tard dans l'immeuble, avait levé le pouce et ça valait bien toutes remarques perfides de cet enculé d'Eddie. Il pensait à elle chaque minute s'il le pouvait. La plupart du temps, il n'attendait qu'une chose : rentrer chez lui s'allonger sur son lit et se faire des films ; et quand il restait trop longtemps à ne pas penser à elle, elle lui manquait, il s'arrangeait alors pour s'isoler, mobiliser toute son énergie et convoquer des images d'elle. Quand il n'y arrivait plus, il regardait une photographie de la gazette de la ville où elle apparaissait en plan américain avec les deux autres filles de son club de tir à l'arc, les Joyeux Robins des Bois. Le tirage tirait vers l'orangé, mais cela n'empêchait en rien sa beauté d'irradier littéralement, où que ses yeux se posent sur le cliché : le sourire léger et serein, son regard intense, son cou gracile enfermé dans le col montant de sa veste de sport. Elle lui retournait le bide et même s'il pensait (souvent) au sexe et que les films porno pouvaient l'exciter, son intérêt pour elle n'avait pas ce type de considération ; il voulait juste l'embrasser — avec la langue toutefois —, s'allonger à côté d'elle et la regarder des heures durant ; des fois il s'imaginait lui ôter l'élastique de sa queue de cheval et caresser sa longue chevelure répandue comme une coulée de soleil sur sa chemise de garçon, parfois, selon les *scenarii* qu'il se faisait, il la rhabillait mentalement et lui mettait des robes ou des maillots de bain, mais elle n'était jamais plus merveilleuse qu'avec ses fringues de bonhomme.

***

La demeurée d'en face découchait.

Eddie l'avait croisée en fin de soirée sur le palier, elle rasait les murs, ses fringues de pupute et sa coiffure en désordre, la démarche mal assurée. Et quand elle avait relevé la tête pour lui répondre que ça allait, il avait vu que son maquillage s'était fait la malle, comme si on avait appuyé son visage sur une palette de fards et qu'on l'avait fait rouler de gauche à droite. Elle sortait avec un gars depuis deux-trois semaines, un mec pour qui elle avait échangé ses fringues de chantier pour des jupes et des t-shirts courts, et qui venait la chercher en Duster avec un autocollant jeune conducteur au cul. Un gars qui ne venait pas de la cité… qui ne venait d'aucune cité de l'avis d'Eddie, sauf si c'était une cité où on faisait des *burn* avec des moissonneuses-batteuses et où les vols concernaient des poules et des bottes de foin. Il n'avait rien dit à Ben, aucune envie de jouer les oracles des mauvais jours. Il saurait bien assez tôt et ce jour-là, Eddie le rattraperait dans ses bras grands ouverts.

Ben vit le changement une après-midi en sortant de chez Eddie, elle portait une jupe en jean et ses cheveux lâchés tombaient, non pas en cascade jusque dans le milieu du dos comme il se l'était imaginé un milliard de fois, mais tout droit jusqu'aux épaules qu'elle avait nues et dorées. Cela faisait un moment qu'il ne l'avait pas vue — peut-être une semaine ou plus — et son cœur bondit comme un ressort dans sa poitrine. Elle s'était maquillée la bouche, pas les yeux, mais elle avait enfilé de grandes boucles d'oreilles qui rehaussaient la délicatesse de son visage. Elle était tellement belle qu'il en eut le souffle coupé. Ils prirent l'ascenseur ensemble et dans la glace, elle lui sourit distraitement en retouchant son rouge à lèvres. Au rez-de-chaussée, elle quitta précipitamment l'ascenseur, sans lui dire au revoir. Sur le seuil, il la vit par les portes vitrées de l'entrée embrasser un garçon qui l'attendait adossé à sa voiture, puis ils partirent, empressés et vifs dans l'air chaud de l'après-midi et le bruit d'une musique trop forte. Ce soir-là, il partit se coucher sans manger, prétextant un mal de crâne. Il pleura tout son saoul pendant que sa sœur et sa mère dînaient en regardant la TV, jusqu'à ce qu'il ait la sensation que ses yeux étaient fermés par du sable et que son crâne ne fut plus qu'une énorme pulsation. Il se réveilla dans la nuit, le cœur sur le point d'éclater comme une grenade dégoupillée : elle était mille fois trop belle pour un autre. Il déambula dans le noir du salon, se posta devant les fenêtres et regarda le manège des feux clignotants. Était-elle toujours dehors ? Si oui, dans quels bras ? Sous quel corps ?

Ben sécha trois jours le collège avec l'assentiment de sa mère qui le trouvait effectivement patraque.

Le premier jour, il pleura sans fin, son univers intime n'avait plus rien de réconfortant : c'était comme de rentrer chez soi après un bombardement et essayer de remeubler, car il n'y a, de toute façon, nulle part ailleurs où aller.

Le deuxième jour, il arrêta de croire qu'il était « le jouet de la Fatalité » et préféra se dire qu'elle était une pute sans cœur comme les autres, accro aux voitures neuves et aux séducteurs en carton. De dépit, il se masturba rageusement sur la photo dans la gazette, ce qu'il s'était, jusqu'alors, toujours refusé à faire, leur amour fait de nacre ne supportant d'allusion au sexe qu'en fondu enchaîné. Le soir, il mangea une énorme pizza en compagnie de sa mère et sa sœur devant un bêtisier animalier.

Le troisième jour, il accepta qu'Eddie vienne chez lui après le collège. Ils jouaient à Mario Kart quand Ben lui dit, sur le ton de la conversation :

— Mec, va falloir m'aider sur ce coup-là. Je vais pas y arriver tout seul.

Eddie, qui venait de lancer une carapace épineuse à Bowser, se tourna vers lui et son cœur se serra en voyant ses yeux au bord des larmes.

Les garçons se connaissaient depuis le jardin d'enfants, mais leur amitié datait de la deuxième année de primaire, lorsque Ben avait demandé à Eddie — qui était un peu chef de bande — s'il pouvait jouer au ballon avec ses copains et lui. Ils s'étaient plu, comme parfois les chiens et les chats se plaisent et s'apprivoisent. Pourtant, Eddie était un être difficile à approcher, un pédopsychiatre compétent aurait vu derrière son arrogance et sa perversité une intelligence fulgurante mal exploitée, mais tout le monde préféra voir (y compris sa mère aimante) un énième produit de la cité, bête, méchant et ingérable. Sauf Ben.

Le malheur d'Eddie était que, du plus loin qu'il s'en souvenait, c'est-à-dire trois-quatre ans, il n'avait jamais été un enfant. À trois ans, il pensait que le monde se découpait en plusieurs quartiers, comme une orange : les animaux, les bâtiments, toutes les sortes de véhicules, les arbres, les grandes personnes, les enfants… Tous tenaient une place déterminée et chacun avait son rôle : les adultes gardaient les enfants, un peu comme des bergers leurs troupeaux de moutons. Ils compensaient leur manque d'intelligence et d'imagination avec leur grande taille et une certaine praticité bien utile, certains étaient gentils – comme sa maman ou le gardien de l'immeuble –, d'autres étaient méchants – comme les ATSEM –, d'autres encore avaient des sourires en forme de pièges à loups, mais tous étaient bêtes, et Eddie, tantôt fasciné, tantôt lassé, les regardait brasser l'air avec leurs bras courtauds et leur cerveau lent comme au théâtre de guignols ; surtout il ne comprenait pas leur volonté absolue de paraître plus malins qu'ils ne l'étaient… À quatre ans, il réalisa que les adultes étaient d'anciens enfants et pendant longtemps, il crut qu'on devenait con en grandissant. À cinq ans, il vécut quelque temps dans une famille d'accueil avec son frère aîné et quand il revint à la maison avec une maman « en meilleure forme », son opinion sur les adultes était faite : ils étaient la pire des espèces vivant sur terre. À six ans, il vola dans sa classe le jeu le Cochon qui rit – enfin le couvercle de la boîte – et cela marqua le début, entre les adultes et lui, d'une guerre de tranchées qui dure encore. Sur le couvercle figurait une famille nucléaire classique, les deux parents, le garçon et la fille, en pleine partie de folie de cochon qui rit. En classe, dès qu'il le pouvait, il se précipitait au coin lecture-jeux, plaçait la boîte près de lui, de telle manière qu'en faisant semblant de lire un livre, il pouvait voir « sa famille ». Un jour, il avait décidé qu'il voulait l'avoir le soir près de lui et mit le couvercle dans son cartable ; l'idée de substituer le visage du garçon avec une photo du sien lui était venue dans la foulée et il avait découpé et collé une photo de lui sur le visage du gamin et le photomontage final était suffisamment bluffant pour croire que c'était lui qui lançait les dés… en tout cas, lui, y croyait… presque. Le soir, il s'endormait avec l'image de cette famille parfaite dont il faisait désormais partie, même si c'était dans ses rêves. Lorsque l'enseignante avait accusé Eddie (sans preuve réelle) et sommé sa mère de ramener le couvercle, celle-ci s'était contentée de hocher la tête et d'aller fouiller sa chambre. Elle ne fit aucun commentaire quand elle le trouva sous le lit et ne remarqua rien. Il eut juste le temps d'arracher la photo avant qu'elle ne le rende le lendemain, laissant apparaître le carton brut. Les adultes de l'école ont pensé qu'Eddie avait délibérément gratté le visage du gamin, pour une raison confuse et perverse que même les deux années de fac du psychologue scolaire n'étaient pas en mesure d'expliquer, mais il préférait qu'on l'emmène dans un institut spécialisé plutôt que de dire la vérité. Un enfant ordinaire aurait exprimé sa frustration et sa peine dans des jeux d'imitation, une attitude violente, un repli sur soi, des dessins ; Eddie, lui, faisait semblant, tout le temps, parce qu'on lui avait fait comprendre qu'il devait arrêter de se croire plus malin que les autres, sa famille et lui n'en ayant pas les moyens. Petit, il avait déjà compris tout ça et se mordait le cerveau continuellement, le bienvenu et à sa place nulle part, il sentait qu'on le détestait. Seule sa mère l'aimait, mais elle aimait plus encore la torpeur des médocs et la douceur de la bouffe. Alors, parce qu'au plus profond, agrippé aux lianes de ses espérances, criait un tout-petit révolté et triste, il avait volé ce couvercle qu'il avait regardé des heures durant, comme les fans transis regardent les posters de leurs idoles, mais c'était déjà trop, cela le rendait malheureux de vivre dans l'illusion… mais plus encore de vivre sans. Lorsque sa mère rendit le couvercle et que son enseignante le rangea dans une armoire qu'elle ferma à clef, il fondit en larmes. Ce fut la dernière fois qu'il ressembla d'aussi près à un gosse. Suite à cela, ils furent convoqués par l'école. Dans le bureau de la directrice, face à son enseignante et le psychologue scolaire et tandis qu'ils s'interrogeaient — éhontément devant lui et sa mère abrutie et mutique — sur sa santé mentale et le bien-fondé de sa place en milieu scolaire ordinaire, il se jura d'employer toute son énergie à leur donner une bonne raison de le détester, tous. Il tint sa promesse.

Lorsqu'il rencontra Ben, Eddie était déjà sur la corde raide et jouait avec les adultes comme un cinglé à la roulette russe. Leur amitié lui apporta du baume au cœur, et même – un temps –, d'autres perspectives que celles qui se profilaient à l'horizon noir de la cité : pas seulement parce que quelqu'un d'autre que sa mère éprouvait de l'affection pour lui, mais aussi parce que grâce à lui, il s'aimait mieux. Avec Ben, Eddie avait découvert qu'il pouvait ne jouer à rien d'autre qu'à être ce gamin brillant et intense, trop dérangeant et impossible à mettre dans une case. Peu à peu, il s'apaisa et stoppa le tir avant qu'on ne l'envoie dans un de ces foyers pour enfants perturbés. Mais plus il avançait dans l'âge, plus il lui était difficile de faire abstraction de la nuit qu'il portait en lui. Ainsi, la première fois qu'il fugua, ce fut l'été de ses douze ans, quand il commença à sentir l'espace de la cité se rétrécir autour de lui. Il s'était réveillé en sursaut dans sa chambre, paniqué, l'impression d'avoir le poids d'un éléphant mort sur la poitrine et qu'il allait crever. Il s'était assis au bord du lit et avait mis la tête entre ses genoux comme le gars dans Jurassik Parc qui voient des diplodocus pour la première fois, mais ça n'avait pas suffi, alors il était sorti sur le balcon, les bras battant l'air comme un aveugle qui cherche une porte de sortie et écroulé contre les jardinières de plantes fanées et le tanker-ville cassé, il avait aspiré l'air de la nuit à grandes goulées. Sa respiration s'était calmée peu à peu et il était resté ainsi jusqu'à l'aube, apaisé par l'espace immense du ciel étoilé. Il prit l'habitude par la suite d'aller dormir sur le balcon, en cachette, emmitouflé dans son plaid Cars, bercé par le ballet des étoiles et des avions lumineux puis un soir, il partit et ne revint que le lendemain matin vers dix heures. Sa mère ne s'aperçut de rien, trop occupée à hésiter à se lever pour une nouvelle journée en enfer. Il avait quitté la cité vers minuit, en se coulant dans l'ombre des bâtiments pour éviter les flics qui tournaient et les gars qui tenaient les murs. Il avait dû marcher le long de la deux-voies pendant 1,5 km, camouflé par les remblais en béton et l'herbe haute des fossés. Il s'était dirigé vers le centre-ville, attiré par les lumières chaudes, le bruit festif et cette sorte de vie qu'il ne connaissait pas. Les seules fois où il sortait de son quartier, c'était avec le centre social ou l'école et ces fois-là, il prenait un air blasé de « je connais déjà », mais au fond de lui, il avait le sentiment d'être l'habitant d'un monde souterrain caché qui découvrait la surface civilisée, un être primaire et aussi grossier que les faux monstres en caoutchouc des vieux films de série B. Cet été-là, il parcourut des rues qui ne dormaient jamais, les yeux et les oreilles grand ouvert, tantôt renard invisible, tantôt gavroche des rues lumineux et gouailleur, avide de tout voir et de tout vivre, et de rapporter ça dans sa grotte. Ben lui maintenait la tête hors de l'eau, mais il pensait qu'il avait besoin de vivre autre chose, qui ne serait qu'à lui et ailleurs que dans le quartier, une histoire à la Huckleberry Finn, mais sans Tom Sawyer. Mais ce n'était pas que ça, enfin pas tout à fait : la cité le bouffait, mais il y avait aussi cette rage, de tout casser, de mordre et de hurler à la lune qui ne cessait de grandir en lui comme un parasite extra-terrestre et qui le consumait de l'intérieur. Personne ne comprendrait ça, même pas Ben. À quatorze ans, Eddie était double : collégien arrogant le jour, étoile fuyante la nuit. Les flics le ramenèrent plusieurs fois chez lui, mais sans qu'il ne fut jamais inquiété pour des faits de racolage ; les services sociaux se mirent quelque temps après le cul de sa mère pour une histoire de shit, mais on laissa filer sous prétexte qu'elle avait trouvé un taf et perdu du poids, comme quoi la parentalité ne tenait à pas grand-chose. Probable que l'assistante sociale se serait moins félicitée si elle savait combien de pilules elle gobait par jour depuis que son chef lui imposait des fellations dans la réserve.

À quinze ans, Eddie était d'une beauté déraisonnable et les filles et les pédés venaient, comme des phalènes les soirs d'été, se brûler à la flamme de son désir calculateur et vicieux ; même plus jeune, il avait quelque chose qui avait à voir avec le sexe : pour certains, le regarder aller et venir, c'était comme assister au spectacle troublant de la pleine lune sur les marées. Il avait l'élégance nonchalante des grandes tiges qu'un rien habillait et les gestes lents et distanciés des aristocrates du Second Empire gavés d'absinthe. Son regard lointain et moqueur rendait les filles dingues (et les profs aussi, pour des raisons différentes).

Il était drôle, sans être un clown, même si lui riait rarement. Lorsque Loïs emménagea en face de chez lui, il voyait un gars de dix-sept ans qui travaillait comme serveur dans un McDo du centre-ville, une tapette aux cheveux colorés qui avait une passion pour le maquillage *contouring* et la pipe à deux boules. Eddie le pompait en fric et en substances illicites en tout genre. Il fréquentait aussi une étudiante qui lui servait de distributeur à billets et l'habillait chez Footlocker. Entre les deux, il lui arrivait de faire des passes au nord de la ville sur un parking près du fleuve. Une fois, il y avait vu un surveillant de son collège en train de se faire enculer dans un buisson. Personne du quartier n'était au courant, mais Ben, lui, n'était pas dupe : il savait qu'il existait un Eddie des villes, mais il n'était pas sûr de vouloir le connaître, le Eddie des champs étant bien assez inquiétant parfois quand il arrivait que le chien sauvage et errant de la nuit transparaisse dans un regard, un sourire, le temps d'une altercation, l'approche vers une fille... Parfois quand il dansait, on avait l'impression qu'il vous sautait à la gorge. Eddie crevait à l'extérieur, il n'y avait rien pour lui hors les murs de la cité, il finit par le comprendre quand il amocha sérieusement le gars du MacDo au cours d'une soirée trop avinée, mais il n'y avait rien non plus pour lui dans la cité, et surtout pas Ben qui n'en finissait plus d'envahir sa tête et son corps.

***

Quand il vit sa mère dans le salon, endormie sur le canapé encore tout habillée de sa blouse d'aide-soignante, Ben retourna dans la chambre et s'habilla dans le silence et dans le noir. Dans la cuisine, il sortit un sac de céréales de son paquet en carton, le fourra dans la poche ventrale de son coupe-vent et partit comme un voleur dans le matin qui ressemblait encore à la nuit. Le tram circulait depuis une heure déjà, mais il fonctionnait à vide, car on était dimanche et pour celles et ceux du quartier que les marchés bobo du centre-ville ne rebutaient pas, il était encore tôt. Il grimpa sur l'araignée, à côté de la bibliothèque, qui mesurait près de quinze mètres de haut. De là-haut, il vit le soleil se lever sur la cité et plus loin, sur le chantier en périphérie dont les nouvelles constructions ne toucheraient jamais le cercle lépreux du quartier, les bras des grues s'accrochant aux nuages roses, comme de la barbe à papa autour des doigts longs des jeunes filles. Puis quand les rayons frappèrent le sol avec cet air de triomphe biblique, il sortit les céréales de sa poche et les mangea comme si c'étaient des pop-corn et qu'il était au spectacle. Les couleurs de la vie réelle émergèrent peu à peu du paysage – le rouge et blanc des grues, le jaune des graffitis et le multicolore des immondices – et il pensa que le soleil gâchait tout. La cité n'était pas faite pour le soleil. Elle semblait encore plus décatie dans la lumière : les murs écaillés de ses grandes barres d'immeubles ne pouvaient plus se fondre dans la grisaille et ses terrains de jeux désertés n'avaient plus l'excuse du mauvais temps ; elle était comme une vilaine peau qui passe mieux sous un éclairage feutré. Il descendit de l'araignée et se dirigea vers les jeux interdits aux plus de douze ans, se rappelant que dans une semaine il en aurait quatorze. Il s'assit sur la balançoire en plastique orange et entreprit de faire des petits tas mentaux des mégots et des capsules de bière éparpillés à ses pieds.

Eddie le rejoignit vers 10 heures et entre-temps, Ben s'était mis en boule dans le tunnel à côté du toboggan et ronflait doucement, la tête dans les bras ; Eddie, qui ne voulait pas le réveiller, s'allongea à côté de lui, le corps suivant la courbe du tunnel, ses jambes au plafond, et fuma une clope. Il regardait Ben au travers de ses cheveux trop longs : ses mains fines posées sur ses avant-bras, le sommet de son crâne rasé émergeant comme un duvet de poussin et la courbe délicate de son cou, l'aiguillon du désir se réveilla au creux de ses reins. Il se redressa et se mit en tailleur pour chasser la chaleur mortifiante et la solitude. Des femmes et des enfants arrivèrent aux jeux et finirent par faire fuir les nuages. Ben se réveilla avec les cris des petits mômes venus jouer dans le tunnel et qu'Eddie tentait de faire fuir en montrant les dents, ne réussissant qu'à les exciter davantage. Ils partirent, avec une ribambelle de gamins au cul jusqu'à ce que les mamans leur hurlent de revenir au pied. Durant deux heures, ils tirèrent des paniers sur le terrain de basket défoncé, parcoururent la cité, commentant les nouveaux graffitis comme s'ils étaient dans un musée, observèrent les trafics en tout genre puis ils se séparèrent pour rentrer manger chacun dans leur famille. Depuis deux semaines, Ben ne parlait plus de Loïs et elle n'était plus là entre eux comme un rocher qu'il fallait se trimballer, le chagrin de Ben aussi pesant qu'un couvercle en fonte au-dessus de leur crâne. Il se taisait parce qu'il allait mieux, parce qu'il n'aurait pu trouver meilleur ami qu'Eddie pour souffrir en amour, parce qu'il n'aurait pas pu trouver meilleur compagnon tout court.

Vers 13 heures, Ben appela chez Eddie pour lui dire qu'il ne pouvait pas sortir : sa mère avait été appelée en renfort à l'hôpital et elle ne voulait pas qu'il sorte lorsqu'elle était absente, mais il pouvait passer vers 15 heures, histoire qu'il lui foute sa raclée à Dragon Ball Fighter Z sur PS4, mais pas avant, le temps qu'il fasse ses devoirs. Eddie le traita de tocard et lui dit OK. Il décida de rester chez lui en attendant, sa mère était sortie et son frère, un gars sombre et solitaire, devait se branler dans sa chambre en regardant des *timelapse* d'animaux en état de décomposition. Il s'affala dans le divan et alluma la TV. La sonnette de l'entrée le réveilla, une heure plus tard.

Sa jupe montrait des quilles tellement maigres qu'il n'aurait pas été surpris que ses pieds soient faits de la même matière que les bouts rouges des allumettes. Elle avait abandonné le maquillage et les cheveux de salope, mais elle portait un haut qui moulait ses seins en boutons de sonnette et des boucles d'oreilles énormes qui rendaient sa tête ridiculement petite. Il la fit entrer sans un mot. Et tandis qu'il la regardait se diriger vers le salon, il se demanda pour la quatre cent millième fois pourquoi Ben la trouvait si chouette.

— Tu veux boire un truc ?

Il avait éteint la TV et attendait dans l'embrasure de la porte, les mains enfoncées dans son pantalon de survêtement. Elle s'était assise sur le canapé et regardait tout autour d'elle en triturant ses mains.

— Oui, un Coca si tu as, ou n'importe quoi.

Il partit dans la cuisine, revint avec une canette de Pepsi qu'il lui tendit et s'assit en face d'elle dans un fauteuil en tissu moche. Elle l'ouvrit, en continuant de laisser son regard papillonner et but une gorgée. Il attendit.

— Ta mère n'est pas là ?

— Nan.

— Ah, t'es tout seul alors ?

— Nan, mon frère est dans sa chambre.

Il continuait d'attendre qu'elle parle en la fixant.

— Oh, tu as eu ça dans un restaurant chinois.

Elle désignait un calendrier en paille, suspendu au-dessus d'un buffet bas en bois massif, avec inscriptions en lettres rouges et idéogrammes noirs et un dragon or et rouge dessiné dessus. Il tourna la tête sans vraiment regarder.

— Probable.

Il reposa ses yeux sur elle, impassible, les bras sur les accoudoirs, un pied posé sur son genou. Elle n'arrivait pas à fixer son regard dans le sien et se mit à jouer avec sa canette. Il y eut du bruit dans la chambre de son frère.

— Tu me montres ta chambre ?

Il ne répondit pas tout de suite, mais continua à la regarder.

— Si tu veux.

Il se leva lentement et lui fit signe de passer devant lui dans le couloir.

— Première à gauche.

La chambre était plus spacieuse que les murs tapissés de papier peint bleu gris et le bordel ne le laissaient supposer. Aucune fringue cependant ne traînait et le fouillis venait de bouquins posés un peu partout, de CD et DVD, de fils et de câbles et de ballons. Il s'allongea sur le lit, à la romaine, la tête posée dans sa main et la regarda faire semblant de passer ses livres en revue.

— Tu aimes le basket ?

Elle montra un poster de Kobé Bryant, dédicacé par l'imprimerie d'un magazine.

— Ouais.

— Moi aussi, j'aime bien.

Elle lui sourit, complice, comme si enfin elle avait trouvé un chemin vers lui. Elle s'assit au bord du lit et glissa doucement jusqu'au mur ; ses cuisses se retrouvèrent à hauteur du visage d'Eddie qui sentit des effluves de lessive et de crème pour le corps. Elle posa ses mains sur sa jupe et attendit. Eddie se redressa et s'adossa aussi contre le mur, une jambe repliée sous lui. Le soleil jouait à cache-cache avec les volets à moitié fermés et un rai de lumière, parfaitement découpé dans l'air poussiéreux tomba sur son œil gauche, le vert du cristallin devenant aussi translucide que l'eau stagnante d'une mare. Il mit sa main en visière et ses doigts jouèrent avec le soleil. Elle le regarda faire, les lèvres entr'ouvertes par l'effet qu'il lui faisait. Lorsqu'un nuage vint masquer le soleil et stoppa le jeu, il abaissa la main et la regarda, elle ne détourna pas les yeux. Elle avait l'air d'un bébé dans un déguisement de princesse trop grand. Elle avait l'air triste.

— Je te trouve très beau.

Eddie la laissa s'avancer vers lui sans bouger et garda les yeux ouverts et les lèvres immobiles quand elle l'embrassa. Dans le couloir, il y eut un bruit de chasse d'eau et de porte qu'on claque. Elle ouvrit les yeux et s'écarta vivement de lui quand elle comprit qu'il ne lui rendait pas son baiser ; elle se leva, rouge et confuse et lissa le tissu raide de sa jupe qui s'était relevée. Eddie s'avança jusqu'au bord du lit, la regarda et ouvrit les mains pour expliquer.

— Je suis pédé.

Elle le fixa : le dépit souffla l'éclat dans son regard et durcit sa bouche, et pour la première fois depuis qu'elle avait emménagé en face, elle lui parut presque à son goût.

— Tu n'es pas pédé.

Il se mordit l'intérieur de la lèvre comme s'il réfléchissait.

— Nan, pas tout à fait.

Il se leva et se posta devant elle, il la dépassait.

— Mais je suis pas intéressé.

Elle pinça les lèvres en un sourire ironique.

— Ouais, d'accord.

Elle partait quand il lui prit le bras :

— Tu as un mec, non ?

Elle le regarda et le mépris qui finissait de ternir ses prunelles sombres la rendait presque bandante.

— Qu'est-ce que ça peut bien foutre ?

Elle se dégagea et sortit de la chambre. Il ne lui courut pas après, parce qu'on n'était pas dans un film. Ni dans un bon ni dans un mauvais.

Ils jouèrent à Dragon Ball Fighter Z puis Eddie aida Ben à plier le linge comme demandé dans la liste des corvées à faire que laissait systématiquement sa mère quand elle partait. Une femme jeune, seule et dure au mal, comme on en trouve des milliards dans les cités et qui finira par s'attacher au mauvais gars qui lui fera un dernier gosse et qu'elle devra tirer comme une locomotive jusqu'à ce qu'il trouve un autre wagon de tête, moins vieux. Eddie en savait quelque chose, il était un dernier gosse. Il n'espérait pas ça pour son pote ni pour sa mère. Après avoir rangé le linge — Eddie s'était fait une joie d'amener personnellement à Constance la pile de ses vêtements, en prenant soin de mettre ses culottes de fermière en haut du tas, ce qu'elle ne manqua pas de remarquer et qui la fit rougir violemment —, ils prirent un goûter silencieux dans la cuisine à base de céréales et de pizza froide. Eddie ne mangeait pas et jouait à faire rebondir le dos de sa cuillère sur ses Chocapics devenus spongieux et imbouffables, les yeux dans le vide. Ben le regardait faire, sans rien dire, soudainement conscient, dans la lumière morne de mars, de la pureté de son profil de médaille et lorsqu'Eddie tourna la tête vers lui, il espéra qu'il n'avait pas remarqué ses joues roses.

***

La première semaine des vacances de Pâques, Eddie resta enfermé dans la cité, et dans sa chambre, prétextant des migraines. Il sentait qu'il perdait le contrôle : le nez cassé de cette petite pute du MacDo, les empoignades sexuelles sur le parking devenues un peu trop rudes, même à son goût, l'alcool, la drogue… L'espace infini du monde n'était qu'illusion, ce que les gens portaient en eux était aussi minuscule et étriqué que la chance d'atteindre vingt ans à Mexico ; ce qu'il avait espéré trouver à douze ans en traversant la RN n'existait pas, tout avait été désordre, perversion et médiocrité. Finalement, rien n'avait véritablement changé depuis l'époque de la maternelle, lorsque les abuseurs abusaient, juste aujourd'hui, ils ne faisaient qu'essayer d'abuser, car il n'était plus ce petit garçon à la propreté douteuse et habillé trop grand. Et puis, il y avait Ben, qui faisait que les pans de la cité se refermaient aussi sur lui. Où qu'il aille, Eddie se confrontait au même constat : l'espace était miné et à chaque mouvement, tout menaçait d'exploser : hors les murs, l'être ultraviolent, intramuros, l'animal triste. Pour autant, il ne se sentait coupable de rien : il ne pouvait décemment (plus) continuer à faire le jeu de la médiocrité du monde et concernant Ben, eh bien, il n'allait pas se flageller ni se faire un nœud à la bite. Il attendrait que ça passe. Cela devait passer… Non que ce soit parce que Ben était un garçon, mais parce que c'était son meilleur ami. Chez Eddie, la question du genre ne s'était jamais posée dans son désir pour l'autre, les attributs sexuels n'étaient rien d'autre que des *sextoys* au service de son plaisir : il ne faisait aucune différence entre une fille, un garçon, un vieux, un jeune, un trans… Pour lui, le désir avait à voir avec un jeu de circonstances qui le mettait — il y a quelque temps encore — dans un état fébrile d'exploration perpétuelle. Aujourd'hui, la seule chose qu'il explorait était le marécage de l'amour à sens unique.

Il n'avait rien dit à Ben à propos de Loïs. Pourquoi faire ? Le mieux qui pouvait arriver s'il le disait serait un plan à trois. Pour autant, il avait décidé de ne plus répondre à la porte et marchait dans les couloirs, les yeux rivés au sol. Une fois, il l'avait vue sur le parking en bas de l'immeuble, dans le Duster rouge. Eddie était passé devant la voiture, elle avait la tête baissée sur ses genoux, impossible de savoir si elle l'avait vu. Le gars au volant l'avait toisé, l'air d'un méchant renard avec ses cheveux plaqués en arrière, ses yeux mauvais et son nez court et pincé. Eddie avait soutenu son regard et il sut à ce moment précis qu'elle reviendrait le voir, qu'elle reviendrait sonner à sa porte, appeler au secours, car ce gars n'avait pas l'air d'un méchant renard, il avait l'air d'un putain de rat des champs complètement cinglé.

Eddie prétextait des migraines, mais Ben savait qu'il l'évitait et il en avait le bide tordu. En milieu de semaine, il était resté planté devant son immeuble presque toute l'après-midi, les yeux fixés sur la ligne de fenêtres qu'il pensait être celles de son salon. « T'es là-haut ou t'es pas là-haut, Eddie ? Tu m'évites, connard ? Et pourquoi tu m'éviterais, hein ? Tu caches quelque chose ? Qu'est-ce que tu pourrais cacher à ton meilleur pote, connard ? Peut-être le fait que tu te tapes la fille d'en face ? Hein Eddie ? Celle que tu as toujours fait semblant de critiquer pour mieux me la faire à l'envers ? Hein, peut-être même que vous êtes en train de le faire, là maintenant, dans ta chambre, au milieu de ton bordel qui pue la chaussette ».

Quand il repartit vers 19 heures, il s'était imaginé les pires scenarii les mettant en scène, tantôt cul-culs et magnifiques, tantôt pornographiques et magnifiques aussi. Il avait le cœur déchiré, comme un cœur en papier crépon de St Valentin et quelque chose le minait plus encore : il n'arrivait pas à savoir ce qui le torturait le plus : qu'elle soit avec lui ou qu'il soit avec elle ?

Le samedi suivant, Ben et Eddie s'étaient donné rendez-vous sur le terrain de basket vers 14 heures. La mère de Ben qui était rentrée une heure avant de sa nuit à l'hosto lui avait interdit de descendre, mais il n'en avait eu rien à foutre et avait claqué la porte. Il avait vécu une sorte de petit Enfer avant le coup de fil d'Eddie, bien pire que ses jours de sèche post-Loïs, des jours et des nuits à essayer de comprendre ce qu'il était advenu de lui, à essayer de savoir contre quel autre gamin il avait été échangé. Il ne se reconnaissait plus. La jalousie l'avait cueilli et s'épanouissait en lui — il arrivait presque à la sentir à l'intérieur — et le rendait fou, étendant sa toile comme des dendrites galopant sur une roche humide. Il pensait à Eddie et à Loïs tout le temps, d'une façon masochiste et lancinante qui le cisaillait en deux et le faisait hurler dans son oreiller. Aussi, lorsqu'Eddie l'avait appelé pour lui proposer une partie de basket, de ce ton calme et désabusé qu'il affectait d'ordinaire, il avait été heureux puis, comme un nuage passant devant le soleil, il s'était refait — en boucle — leur conversation, pour y trouver la preuve qu'il le trompait — qu'ils le trompaient tous les deux —, jusque que dans son lit, jusqu'à ce que le sommeil le prenne et le malmène dans des rêves sans fin.

Eddie était déjà là, allongé sur le bitume éclaté, les deux mains sur le ventre et l'air ennuyé des terrains de jeux vides. Autour de lui, des gamins faisaient du vélo. Ben l'enjamba, sans un regard, mais le cœur fébrile, pour reprendre le ballon que des petits avaient pris pour shooter dedans, et commença à rentrer quelques paniers. La veille, il avait rêvé : Eddie courait et Ben tentait de le rattraper, sans jamais y parvenir ; il pouvait voir sa main se tendre et frôler le tissu de son t-shirt et Eddie lui échapper en riant, souple et infernal comme une jeune gazelle sous les pattes d'un lion. Toute la matinée, il s'était senti oppressé et à bout de souffle et l'altercation avec sa mère avait mis un point final à ce qu'il pouvait supporter de plus. Mais dès qu'il mit le nez dehors, il respira mieux. Il adorait le basket, il le préférait au football même s'il s'inscrivait d'année en année à l'AS du quartier depuis ses six ans – plus par habitude que par réelle envie –. Son corps était fait pour les bonds sauvages, ses paumes crasseuses épousaient parfaitement la courbe du ballon et ses *dribbles* avaient quelque chose de dansant, il avait la détente souple d'un jeune fauve et ses tirs finissaient rarement à côté ; pour autant, il n'était pas sûr d'aimer jouer en club : il préférait les deux contre deux de rue, sans règles, rugueux et respectueux. Des parties de chats sauvages.

Eddie avait roulé sur le flanc et le regardait mitrailler le panier sans relâche. Il finit par se lever et Ben lui lança le ballon. Il avait grandi, Eddie ne le dépassait plus que de quelques centimètres et quand il tenta un lancer, Ben récupéra facilement la balle. Eddie était bon pour forcer les passages, mais sa détente était simiesque, sa grâce naturelle s'arrêtait en général à l'entrée de n'importe quel terrain de sport ou piste de danse : il lançait ses bras et ses jambes comme un pantin qui aurait voulu se libérer de ses fils ; le regarder faire, c'était comme assister à la mise à mort de l'homme par l'animal désespéré. Ils jouèrent longtemps, chacun concentré sur l'effort qu'il mettait dans le ballon pour oublier la merde qui polluait sa tête. Mais quand ils s'arrêtèrent, s'écroulant chacun de leur côté, et qu'ils se regardèrent comme deux boxeurs dans leur coin neutre, ils savaient d'où venait la merde : elle venait d'en face.

Ils s'assirent sur un des rares bancs de la cité qui n'avaient pas été démantibulés, en béton, fait dans un mortier de ciment et de cailloux blancs ovales et polis, probablement un des plus vieux mobiliers urbains du quartier. Ils échangèrent un paquet de Granola et une bouteille de soda en regardant un groupe de femmes se hurler dessus en wolof.

– Ça va mieux tes migraines ?

Ben ne le regardait pas, il restait concentré sur les femmes qui commençaient à se calmer. Eddie redressa la tête et leva son cul pour s'asseoir à côté de lui sur le dossier du banc.

— J'avais pas de migraines. J'avais envie de voir personne.

Ben tourna son visage vers lui et il lui sembla que la boule qui lui serrait la gorge depuis le début de la journée avait atteint la taille d'une balle de tennis.

— Ah ouais ? Pourquoi ça ?

Eddie haussa les épaules et sortit un paquet de cigarettes de sa poche de veste Puma.

— Sais pas. Un peu de déprime, je suppose.

Il attrapa une cigarette avec ses dents et se tourna vers Ben en souriant.

— Et toi ? Pourquoi t'étais vénère en arrivant tout à l'heure.

Ben le regarda un moment sans répondre puis, vaincu, sourit à son tour.

— Je me suis pris la tête avec ma mère.

Eddie soufflait la fumée doucement par la bouche et cela rappela à Ben la façon qu'avait sa mère quand il était petit, de souffler sur ses joues pour enlever un cil tombé et les picotements dans les jambes que ça lui filait. Il rougit et reporta son attention sur les femmes qui avaient avancé de quelques pas, puis s'étaient de nouveau arrêtées pour s'invectiver.

— À propos de quoi ?

Ben sourit, gêné, puis soupira.

— Je veux un appareil dentaire.

Eddie fronça les sourcils.

— Je trouve mes dents de devant trop écartées et un peu en avant.

Il n'en pouvait plus de rougir. Eddie jeta sa clope d'une pichenette et se leva. Il attrapa son ballon de basket sous le banc, le glissa sous son bras et planta ses yeux de vase dans les siens.

— Mec, tes dents sont parfaites.

Soudain, la boule dans sa gorge se désagrégea et il comprit tout, comme un putain de rébus qui trouve enfin sa solution : il n'y avait rien entre Loïs et Eddie et il n'y avait jamais rien eu, comme il n'y avait jamais rien eu entre Eddie et personne... Sauf lui.

Cela venait d'un rêve. Un rêve merveilleux fait de pins odorants, de brise tiède et de sable clair. L'été, la mer au loin et la peau dorée de bras fins et musclés et de ventres plats qui se mêlent et s'entrechoquent. Des cheveux au vent salé et l'odeur de soleil de la crème anti-UV. Le rire de Ben et l'espace émouvant entre ses dents, les paillettes de quartz sur le haut des joues, la courbe sans fin de ses cils. Les souffles qui s'accélèrent, des mains qui s'attrapent, des lèvres qui se cherchent. Ses yeux sombres et brûlants et une invitation à recommencer sous les arbres. À son réveil, Eddie n'avait plus été le même avec Ben. Cela venait d'un rêve. Un putain de film d'auteur gay.

Ben n'avait pas eu envie de rentrer chez lui. Il avait appelé sa mère pour lui dire qu'il dînait chez Eddie et qu'il rentrerait vers 23 heures. Il lui dit aussi, à voix basse, qu'il s'excusait pour la dispute et qu'il arrêterait de la faire chier avec cette histoire d'appareil. Dans le combiné, elle arrivait à entendre le changement : c'était comme des rayons de soleil chassant les masses sombres de l'orage et pour la première fois depuis longtemps, elle sentit qu'il avait l'air heureux. Vers 22h50, Eddie se proposa de le raccompagner et lorsqu'ils traversèrent le couloir, aucun n'eut de pensée pour Loïs.

À 23h30, la cité — d'ordinaire aussi mouvante qu'en pleine journée — avait sombré dans un silence cotonneux. Personne n'était dehors à jouer les seigneurs du château, pas de cris ni de deux-roues pétaradant. Sous les porches vides, dans les escaliers menant aux caves, sur les façades, immenses et aveugles, rampaient des ténèbres de littérature fantastique qui ne cadraient pas avec les barres d'immeubles et le local à poubelles. C'était comme si Bram Stocker avait choisi de lâcher ses « enfants de la nuit » sur le parking, devant le super U du quartier. En survêtement Tacchini et en Duster rouge.

Ben ne dormait pas, allongé dans le noir sur le canapé du salon, le bras replié sous sa tête, son autre main posée sur le cœur ; il repensait à cette journée — la plus douce depuis longtemps —. Qu'allait-il faire maintenant de cet émoi qui s'était affirmé plus encore aujourd'hui, à mesure qu'il était conscient de la présence d'Eddie, de sa jambe frôlant la sienne sur le lit, sa main sur le haut du canapé toute proche de son oreille et les frissons mitraillant sa nuque comme une charge de petits plombs ; son odeur — mélange de sueur, acide et poivrée et lessive —, ses regards silencieux ? Eddie… mais aussi un autre.

De retour du terrain de basket et assis contre le lit dans la chambre d'Eddie, Ben l'avait regardé faire un trois feuilles, courbé et concentré sur son bureau comme un Louis Pasteur du pétard. Pourtant, ce n'était pas comme les douze milliards de fois d'avant, c'était différent, chaque geste d'Eddie pesant sur sa gorge et son bas-ventre… La façon qu'il avait de laisser ses mèches de cheveux tomber devant ses yeux pendant qu'il effritait le shit, sa langue furtive sur la colle du papier, la main en creux pour allumer le joint, ses lèvres à peine entr'ouvertes, aspirant les lourdes volutes à la vitesse de la magie et sa façon de faire tomber la première cendre avec son majeur, tout ça était familier et incroyablement nouveau. Incroyablement lumineux et direct comme une flèche de Cupidon qui aurait enfin visé juste. Et puis après, il y eut l'épisode avec la manette…

Ben ferma les yeux. Loin, Constance se mit à ronfler comme une putain de loco. Sous le voile rouge de ses paupières closes, Eddie apparut, fantomatique et dansant comme un souvenir d'été passé au bord de l'eau. Ben sourit. Sa main glissa jusqu'à son ventre, épicentre du désir. À peine rentré chez lui, il s'était enfermé dans la salle de bain et les mains posées sur le lavabo, il s'était regardé pendant de longues minutes ; il avait étiré ses lèvres, découvrant des dents blanches et plutôt bien alignées, sauf les deux de devant légèrement en avant et espacées d'un millimètre environ — il l'avait mesuré avec une règle — . Il avait passé son index entre les incisives du haut et celles du bas : un demi-doigt d'écart, suffisant pour qu'il chuinte sur les lettres comme le « j » ou le « s », lui donnant, selon lui, un perpétuel air de gamin souffreteux. Il avait reculé dans le miroir taché d'eau et de dentifrice : on avait souvent loué ses yeux sombres en amandes – héritage d'un père slave absent – et la finesse de ses traits, ses boucles brunes, – aujourd'hui atomisées par la tondeuse – et la blancheur de sa peau, mais jamais ses dents.... Pas comme ça, pas aussi... hardiment. Il ouvrit les yeux. Il savait ce qu'il allait faire de ce trouble la prochaine fois qu'il verrait Eddie. Au fond, ne l'avait-il pas toujours su ?

Quelque chose avait changé. Eddie revenait vers son immeuble après qu'il eut raccompagné Ben et il pensait « Quelque chose a changé ». Ben. Il était différent, comme avant Loïs mais pas tout à fait non plus. Après le basket, ils étaient allés chez Eddie et avaient joué à la console. Ils avaient parlé de tout et de rien, du nouvel album des Four Owls, de la meilleure façon d'attraper les poissons dans Red Dead Redemption, ils avaient partagé un trois feuilles, Ben assis par terre contre son lit et lui à son bureau. Cela ressemblait à n'importe lequel de leurs après-midis passé ensemble, mais Ben était différent, pas vraiment silencieux, mais pas vraiment lui non plus. Arrivé devant son immeuble, Eddie s'adossa à une bagnole et s'alluma une cigarette. Il leva les yeux sur la façade, et compta silencieusement le nombre de rangées de fenêtres, à la n° 16, tout était noir. Sa mère était partie se coucher. Il ramena le regard aux alentours : pas d'agitation ce soir, la cité était sombre et vide comme si l'équipe de nuit avait éteint la lumière et était partie se coucher : rupture du stock des marchandises ou descente de flics. Il tirait pensivement sur sa clope et dans ses souvenirs. Un truc. Ils s'étaient marré sur le frère d'Eddie qu'il soupçonnait de s'auto-fellationner, ils avaient discuté du gardien de l'immeuble de Ben, celui qui draguait sa mère et qui s'était fait virer pour avoir fourré des chipolatas dans les boîtes aux lettres des résidents musulmans. Des conversations normales. Mais il y avait eu un truc différent, pas un regard, pas une parole, quelque chose d'autre. Il arrivait au filtre. Au-dessus de lui, les étoiles peinaient à franchir le stop de la pollution, avait-il même jamais vu cette putain de voie Lactée ailleurs que sur un écran ? Ce qu'il connaissait de la nature s'apparentait aux touffes d'herbe erratiques du terrain de jeux, aux flaques d'eau du parking dans lesquelles se reflétaient les nuages gris, et le lac puant à côté duquel il faisait des passes et qui devait charrier des tombereaux de capotes usagées. Les seuls arbres qu'il n'avait jamais grimpés étaient des cages d'écureuil rouillées. Si des gens ici rêvaient de fuir cette bulle de béton incapable de soutenir le regard du soleil, pas lui, il savait que l'herbe n'était pas moins jaune ailleurs. Le seul endroit où cela avait toujours valu la peine d'être était autour de la table de la famille Cochon qui Rit, à lancer le dé. Il jeta sa clope et commençait à gravir les marches de l'entrée lorsqu'il le vit derrière lui dans les portes vitrées, il se retourna.

Il était plus grand – pas de beaucoup, à peine une demi-tête – et plutôt gringalet. Blond comme il se l'était imaginé – même si ses cheveux plaqués en arrière la dernière fois dans le Duster ne permettait pas de le voir précisément –, rasé sur les côtés, à la mode d'il y avait dix ans dans les lycées technologiques ou aujourd'hui en Ukraine et dans les campagnes. Et en 39, chez les putains de Nazis.

– Tu sais qui je suis ?

Il s'approcha d'Eddie, les mains dans les poches de sa veste en jean. De près, il avait l'air encore plus fou.

– Nan, je devrais ?

– Viens, on va faire un tour.

Il s'était rapproché au point que son haleine aigre comme le lait qu'il devait traire de ses putains de chèvres lui frappa le visage.

– Mec, je rentre chez moi.

Eddie se dirigea vers les portes, mais le gars l'attrapa par le cou et l'épaule avec son bras et le traîna en bas des marches. Eddie tenta de se dégager, mais il raffermit sa prise avec son autre bras. Son blouson sentait le *chawarma* à l'oignon et derrière une odeur plus rance, comme de l'huile de moteur. Il l'amena derrière une voiture et le mit par terre avec une balayette. Sa tête cogna violemment le bitume et il resta sonné, suffisamment longtemps pour ne pas réagir au fait qu'il l'entraînait plus loin, vers l'escalier de la cave à vélos. Il lui fit dégringoler les marches en le tirant par sa veste. Eddie sentait que quelque chose coulait dans son cou et des fourmillements avaient envahi son visage. Il se débattit, avec ses poings et ses pieds, mais le gars le plaqua contre le mur froid avec une force que contredisait sa carrure de mouche, et appuya son bras sur son cou. Le silence autour d'eux était devenu si épais qu'il avait l'impression qu'il avait neigé. Le gars relâcha sa prise et Eddie s'écroula à terre en toussant.

— Tu me remets maintenant ?

Eddie le regarda en se tenant la gorge et déglutit péniblement.

— Ouais, connard. Je te remets bien.

Il voulut se redresser, mais le gars le repoussa violemment avec son pied.

— Ah ouais ? Dis-moi alors !

Eddie toussa de nouveau, ce qui fit sourire méchamment la sale bête.

— T'es le gars de la meuf d'en face. Celle qui vient me tailler des pipes après le collège. Et qui me dit que ça la change parce que des bites comme la tienne, elle en met huit dans sa bouche.

Le sourire s'étira en long comme un fil de chewing-gum et Eddie comprit qu'il avait — largement — sous-estimé la situation. Derrière le gars, les ténèbres avaient avalé l'escalier, terrorisant Eddie sans qu'il sache pourquoi et bien plus que le bruit de la lame sortant du cran d'arrêt. Il ferma les yeux : avant d'y passer, il voulait se rappeler ce truc entre Ben et lui qui allait tout changer. *Ce n'était pas quelque chose qu'il avait dit... pas tout à fait.* La douleur ressembla à une décharge de quatre millions de volts et lui coupa le souffle. Ses pensées s'entrechoquèrent : films de voyous basanés en bande avec des couteaux... Max et les maxi-monstres... *Un rapport avec la console... Pas un regard non plus... pas vraiment...* La deuxième fois, il pensa qu'on avait coulé du métal fondu dans son corps, même sa première sodomie, où il avait cru qu'on lui retroussait le cul et le ventre, ne fut pas aussi douloureuse. Il haletait comme un petit chien, mais gardait les yeux obstinément fermés, espérant faire ressurgir les souvenirs comme de l'eau suintant d'une éponge. *L'odeur du shit… Un geste… ? Presque…* Il y eut un troisième coup, un coup de pied et il eut l'horrible sensation que quelque chose à l'intérieur de lui avait éclaté, une bombe à eau, mais avec du sang. Sa mère. C'était quoi, putain ? C'était quoi qui avait changé et qui aurait tout changé ? Des larmes de rage et de douleur perlaient de ses paupières crispées. Soudain, il ouvrit les yeux : il savait et quand les ténèbres de l'escalier vinrent le chercher, il souriait.

Son corps fut retrouvé vers 1 heure du matin, par un pauvre hère d'Uber Eats venu ranger son vélo.

***

Eddie fumait à la fenêtre et regardait Ben se débattre avec la manette et rire bêtement comme à chaque fois qu'il tirait sur du bédo.

— Putain, il est énorme ce fils de pute !

Debout face à l'écran, il tournait la manette dans tous les sens et son corps suivait.

— Putaaaiin !

De dépit, il balança la manette sur le lit et se laissa glisser par terre. Il renversa sa tête en arrière, sur le matelas et la tourna vers Eddie.

— Tu sais à quoi tu ressembles comme ça dans le contre-jour ?

— Nan.

— À ce putain d'avatar anonyme de Gmail.

Il rit.

— OK. Cool.

Il tendit la fin du joint à Ben, attrapa la manette et s'allongea sur le lit, sur le ventre. Il reprit le jeu là où Ben l'avait laissé. Il regarda l'écran en fumant. Ils firent ça pendant quelques minutes, dans un silence complet, puis Eddie se redressa, à genoux sur le lit, et tendit la manette à Ben.

— Mais j'y arrive pas.

Ben protesta, mais prit la manette. Eddie se remit sur le ventre.

— Vas-y, montre-moi.

Ben se remit à jouer, mais très vite perdit patience.

— Tu vois ?

Il montra l'écran où son personnage n'avait visiblement aucun complexe à pêcher en habits de cow-boy.

Eddie se pencha vers lui, attrapa ses mains posées sur la manette et le guida. Ben sentit son cœur bondir. L'odeur de ses cheveux — métallique douceâtre et shampoing — monta jusqu'à son nez.

— Vas-y, appuie sur croix. Garde le doigt sur L2 et appuie sans arrêt sur carré pour le sortir de l'eau.

Ben regardait les mains d'Eddie sur les siennes, leur peau transparente, des veines boursouflées couraient sur le dos jusqu'à la naissance du poignet et Ben trouvait ça d'une virilité insoutenable. Leurs doigts s'entremêlaient presque et lorsqu'Eddie pressa ses doigts sur les siens, il eut la pensée que leurs mains copulaient ensemble. Il eut une érection. Dans le jeu, son cow-boy avait attrapé un beau brochet. Il ramena ses jambes en tailleur et se concentra sur l'écran.

— T'as compris ?

Ben avait conscience qu'Eddie le regardait et il sentit le sang affleurer à ses joues comme des nénuphars légers remontant à la surface d'une mare. Il se tourna vers lui, son visage était si proche du sien qu'il aurait suffi qu'il se penche un peu… On frappa à la porte.

Eddie alla ouvrir. Ben regarda discrètement son entre-jambe pour voir si son pénis tendait le tissu de son survêtement et posa la manette dessus.

— Les garçons, vous voulez ça ?

La mère géante d'Eddie se tenait entièrement dans l'embrasure avec un paquet de bonbons à la main. Elle avait toujours eu l'air d'une demeurée et probablement en était-elle une pour de vrai (si on devait faire passer un Wisc à la mère et au fils, il y aurait à coup sûr près d'une cinquantaine de points d'écart entre eux) et depuis sa perte de poids, elle semblait avoir pris 10 ans : son dos s'était voûté, elle marchait avec difficulté à cause de ses genoux, sa peau pâle pendait de partout et comme elle continuait de porter la plupart des vêtements de son ancienne garde-robe, elle avait l'air d'un fantôme de fromage blanc en stalactites. Et l'augmentation de sa dose d'anxiolytiques depuis sa reprise de travail pouvait la rendre carrément flippante, comme ce jour-là dans l'embrasure de la porte où avec son paquet de bonbons et son jogging informe, elle avait l'air d'une pédophile en pleine mission rabattage. Eddie aurait aimé ne pas la détester et parfois, il l'aimait, très fort, car elle était douce, aimante et affreusement vulnérable, mais il n'était pas loin de penser que les gens incapables de s'occuper d'enfants devaient être stérilisés, comme des putains de chats.

— Merci, m'man.

Eddie prit le sachet de bonbons. Sa mère se pencha dans l'embrasure et s'adressa à Ben :

— Tu restes dîner avec nous, Ben ?

Ben se tourna vers elle et lui sourit en gardant la main sur la manette.

— Oui, avec plaisir, merci.

— Bien, je vais faire des pizzas, alors.

La BGG (Bonne Grosse Géante) partie, Eddie ferma la porte et revint sur le lit. Ben se tourna vers lui :

— On joue à Fifa ?

***

Vers 9 heures le lendemain, des flics appelèrent chez Ben ; on le convoquait au poste en fin de matinée, accompagné par son tuteur légal. L'objet de cette convocation ne leur fut pas communiqué. Une demi-heure plus tard, toute la cité était au courant de l'agression d'Eddie. Le bruit courait que c'était probablement un pédophile.

La pluie battait les fenêtres par rafales, donnant l'impression à Ben d'être un marin dans un film à petit budget. Il était dans sa chambre et regardait le terrain de jeux sans jeux par la fenêtre. Le matin, il était allé voir Eddie à l'hôpital. Le choc avait été plus violent qu'il ne se l'était imaginé, l'impression de voir un gisant sur son tombeau. Debout à côté du lit, il l'avait d'abord longuement regardé, les larmes coulant en silence et sans discontinuité jusque dans l'échancrure de son t-shirt puis il avait essuyé ses joues avec son bras et s'était assis à côté de lui. Timidement, il avait pris sa main. Sa mère, qui se tenait derrière, lui avait pressé l'épaule et était sortie. Il était resté un moment comme ça, au bord de l'asphyxie, puis il avait tendu son bras et maladroitement replacé une mèche de cheveux. Sa peau était moite et froide sous ses doigts qui s'enhardissaient, suivant la ligne de son front, l'ovale de son visage. Alors, après avoir jeté un coup d'œil derrière lui, il s'était rapproché d'Eddie. Son cœur tapait si fort que s'il avait soulevé son t-shirt, il aurait vu la peau au creux de sa poitrine palpiter. Il avait posé sa main sur sa joue et avec le pouce, avait caressé sa peau, effleuré doucement ses lèvres pleines et pâles. Dehors, la nature oppressante — les arbres saturés en chlorophylle, le ciel gris plomb — rétrécissait l'espace et assombrissait la chambre. Il avait regardé de nouveau par-dessus son épaule puis s'était penché sur sa bouche. En silence, il fit une prière puis posa son cœur sur le sien, espérant que ses battements faibles et lents répondraient à la violence des siens et le réveilleraient, émettant le vœu, comme cette tapette de Prince Charmant, qu'il ouvrirait les yeux sous la chaleur de ses lèvres. En sortant de la chambre, il rejoignit sa mère dans la salle d'attente, assise à côté de Mme Dunham qui ressemblait à un glacier en train de fondre. Ben l'avait embrassée et serrée très fort contre lui, comme s'ils étaient deux à partager désormais le secret de leur amour infini pour Eddie puis ils étaient partis. En revenant dans le quartier, Ben s'était transformé en granit.

Quand il ouvrit la porte, il ne la reconnut pas tout de suite, ce qui pouvait paraître fou parce qu'il y avait un mois et demi encore, il se serait coupé la bite pour elle. Loïs. Elle avait changé ou peut-être pas, mais quand elle s'assit sur son lit, il cherchait encore ce qu'il avait pu lui trouver.

– Tu as changé.

Elle l'observait en souriant tandis qu'assis sur la chaise de son bureau, il pivotait de gauche à droite en regardant le sol. Il redressa la tête et appuya son menton sur le dossier.

– Ah ? En même temps, aller voir son pote aux soins intensifs, ça vous change un homme.

Le visage de Loïs s'assombrit soudain, comme un nuage passant devant le soleil et sa bouche tomba, Ben pensa qu'elle aurait probablement cette tête quand elle serait vieille. Elle se leva et se dirigea vers la fenêtre. Elle aussi avait changé, son visage s'était empâté, un peu comme un masque fait par un mauvais peintre qui aurait forcé sur la spatule. Seuls ses yeux avaient gardé leur éclat. En la regardant, il ne pouvait nier qu'il l'avait aimée, de cette façon niaise et gauche qu'ont les pubères (partagés entre les Playmobil et la soupe de langues) d'aimer. Mais le désir lancinant, celui qui ressemble à un Rottweiler en cage retenu par un collier étrangleur, ce n'est pas avec elle qu'il l'avait ressenti, mais avec Eddie. Avec lui, ce n'est pas d'une après-midi cinéma dont il rêvait, à se tenir la main dans le noir en bouffant dans le même seau à pop-corn. Il rêvait de sa langue, sur son corps et du goût de sa peau sur la sienne, leurs torses minces collés l'un à l'autre, leurs doigts accrochés à leur nuque, dans leurs cheveux...

— Je suis désolée pour Eddie.

Elle le tira de ses pensées et ça lui fit un mal de chien. Elle s'était levée et regardait par la fenêtre. Dehors, le temps virait à l'affrontement, c'était qui du vent ou de la pluie feraient le plus de mal. Il pivota la chaise vers elle. De dos, elle avait l'air d'un insecte avec ses vertèbres apparentes sortant de son t-shirt. Il ne répondit rien, alors il n'y eut plus que le bruit de l'eau crépitant contre la vitre.

— C'est vrai qu'il a été violé ?

Elle avait la voix rauque. Ben s'était remis à la contemplation du sol. Il n'avait pas envie d'en parler, pas avec elle.

— Nan, il a reçu des coups de couteau, deux, mais il n'y a pas eu d'agression sexuelle.

Elle se tourna vers lui, ses grands yeux noirs mangeant son masque de carnaval. Elle n'allait pas bien, ça y est, il le voyait.

— Alors, je sais qui c'est.

Ils s'étaient rencontrés dans le gymnase où elle tirait à l'arc les mercredis, il occupait la salle, le créneau suivant, avec son équipe de futsal. Un soir, alors qu'elle attendait son père qui était en retard et qui refusait qu'elle rentre seule à la nuit tombée, elle avait regardé le match de foot, assise sur un banc, son arc sagement posé sur ses genoux.

— Il a roulé-boulé à mes pieds et en se relevant, il m'a fait un clin d'œil.

Plus loin dans le match, il avait marqué un but et le lui avait dédié en faisant un cœur avec ses doigts. Elle l'avait trouvé sauvage et insolent et étrangement un peu vieux jeu, ce qui flattait la princesse (sainte nitouche) qu'elle aimait penser qu'elle était.

— On a commencé à se voir entre le tir à l'arc et le futsal. Il m'est arrivé de ne pas aller au club et de passer l'heure avec lui dans sa voiture à s'embrasser et à se peloter. Parfois il me regardait d'une façon si intense que j'avais l'impression que j'allais prendre feu instantanément, comme un putain de buisson ardent.

Ben pensa qu'à l'époque, il devait la regarder avec l'air de Droopy le chien dépressif, ce qui n'était ni sauvage encore moins insolent.

— Tu savais que j'avais flashé sur Eddie ? demanda-t-elle, tout à trac. : Mais... visiblement, je ne suis pas son délire.

Elle lança un coup d'œil à Ben qui fit comme s'il ne comprenait pas.

— Bref, il était fougueux et me traitait comme une reine : MacDo, ciné, il m'achetait des trucs, du maquillage et même des fringues que je me sentais obligée de porter. Il était pressant, mais pas trop et chaque fois que j'étais avec lui, il me faisait sentir que j'étais belle.

(*Tu étais la plus belle pour moi, pensa Ben qui se sentait aussi vide qu'une truite sur l'étal d'un poissonnier.*)

— Un soir, mon père travaillait et j'ai fait le mur pour aller le rejoindre sur le parking. J'avais mis les sous-vêtements qu'il m'avait offerts parce que je sentais que ce soir-là serait celui où on baiserait. Je n'étais plus vierge, mais vu ma première et seule fois, c'est comme si je l'étais finalement.

Ben la regardait, consterné, et repensait à ses fantasmes de lui allongé à côté d'elle, à caresser sa chevelure en cascade. Le naze.

— C'étaient des sous-vêtements probablement achetés chez le Chinois, un ensemble qui ne devait pas coûter plus de cinq euros, en fausse dentelle turquoise et qui sentait le pétrole. Je ne pouvais pas les mettre en machine sinon mon père les aurait vus. J'avais peur de choper une mycose.

Elle parlait les yeux dans le vague, prise dans l'espace-temps du string à deux balles.

— On l'a fait dans sa voiture. Le slip n'a pas tenu le premier doigt qu'il m'a fait.

Elle ricana et quitta la fenêtre pour s'avancer vers les étagères de livres.

— En me raccompagnant, il m'a fait le baisemain… Quel connard…

Elle parlait et penchait la tête pour lire les tranches des livres.

— Dans la nuit, je me suis levée et je perdais encore du sperme, c'est là que j'ai réalisé qu'on avait baisé sans préservatif et sans pilule.

Elle se tourna vers Ben en souriant.

— Mais je ne suis pas enceinte : le médecin du club qui m'ausculte avant les compèt' me file la pilule maintenant. Au début, j'ai eu droit au couplet sur les IST, le DAS et les vertus du préservatif et puis il a lâché l'affaire : Sullivan n'aime pas le contact du préso sur sa bite, il dit que ça le chauffe.

Elle regardait le dos des DVD et des CD qu'elle piochait dans les étagères.

— La première fois qu'il m'a frappée, je le raccompagnais à sa voiture. On venait de dîner pour la première fois avec mon père, la soirée s'était bien passée, même si je savais qu'il tiquait sur son âge. Mais Sully s'était comporté en vrai gentleman, sans trop en faire non plus parce que mon père n'y aurait pas cru. Je me suis demandé, depuis, si ma mère, si elle avait été encore de ce monde, elle aurait vu… On ne saura jamais n'est-ce pas ?

Elle ouvrit le boîtier d'un CD et feuilleta le livret.

— Dans l'ascenseur, il m'a tiré par les cheveux et m'a mise à genoux. Il a bloqué la cage et a sorti son pénis et me l'a fourré dans la bouche en appuyant sur ma tête à chaque coup de reins.

Elle rangea le CD et prit une figurine de Cell, l'OGM créé par l'ordinateur du Dr Gero, et se mit à bouger les articulations.

— Tu sais ce que je me suis toujours dit que je ferais si on m'imposait une fellation ? Que je mordrais dedans comme si c'était le meilleur des casse-croûtes. Mais je ne l'ai pas fait.

Elle reposa la figurine et prit un petit réveil avec Bart Simpson dans le cadran disant « Hay Caramba ».

— Quand il a eu fini, j'ai eu des hauts le cœur et j'ai eu mal à la mâchoire pendant trois jours. Il s'est rhabillé et m'a relevée par les cheveux. Puis il m'a pincé très fort le téton et il m'a dit : « La prochaine fois que tu te permets de dire à ton père ou à qui que ce soit d'autre des trucs qui peuvent me mettre dans l'embarras, je te ferais du mal, t'as compris, connasse ? »… Dans l'embarras… Qui parle comme ça aujourd'hui ? Crois-le si tu veux, mais je ne sais toujours pas ce que j'ai bien pu dire pour le mettre dans « l'embarras ». Elle avait mis les guillemets avec les doigts.

Elle écouta le réveil et entreprit de remonter les aiguilles. (*Regarde plutôt s'il y a des piles dedans, pensa Ben*).

— Il a fini par me mettre une tape derrière la tête, (elle se tourna vers Ben) tu sais le geste — avec le coup de pied au cul — le plus humiliant je trouve quand t'es gamin, quand t'es une fille surtout.

Elle reposa le réveil.

— Il m'a laissée dans l'ascenseur et il est parti. Ce soir-là, j'ai croisé Eddie dans le couloir qui m'a demandé si j'allais bien.

Elle regarda Ben et ses yeux secs étaient les plus tristes qu'il n'avait jamais vus.

— Je crois qu'il ne m'a jamais vraiment appréciée, je ne sais pas pourquoi. Je l'ai toujours trouvé très beau, un côté Blanche-Neige, mais en gars. Il y a quelque chose d'horrible à être rejeté par quelqu'un de beau, tu trouves pas ?

Ben cligna des yeux comme s'il cherchait une réponse… Elle s'assit sur le lit et continua de parler, la tête vers les genoux…

— Ce soir-là, j'ai compris que rien ne l'empêcherait de recommencer. Après tout, il m'avait violée à quelques mètres de chez moi, même pas cinq minutes après avoir serré la main de mon père qui, tu l'as déjà vu, a tout du métallo pas fin. Qui fait ça ? À part un putain de nique-tout psychopathe ?

Dehors, la pluie avait perdu la bataille, mais le vent continuait son show. Elle tourna la tête vers la fenêtre.

— Il a continué, les viols, les coups, des fois sans même chercher à être discret. Mon père est trop occupé avec son travail pour remarquer quoi que ce soit et en plus, je crois qu'il a rencontré quelqu'un.

Elle haussa les épaules.

— Il y a deux semaines environ, Sully a vu que j'avais les ongles des pieds peints, il a trouvé que ça faisait romano alors je lui ai répondu que des sous-vêtements turquoise achetés chez Babou n'avaient rien de très classieux non plus. Il m'a mis son cran d'arrêt sous la gorge et il m'a violée. On était chez moi. Mon petit frère regardait la TV dans le salon à côté.

*(Et le monde entier, il était où, putain ? pensa Ben)*

— Je n'ai jamais compris ce qui le motivait, je crois qu'il y a en lui une rage qui n'a pas de fond, comme une soupière magique qui ne s'épuise jamais. Des fois, j'ai l'impression qu'il pourrait me tuer... Il y a une semaine, je lui ai dit que j'étais tombée amoureuse de quelqu'un d'autre.

Elle tourna la tête vers Ben : le désarroi lui bouffait les yeux.

— Je lui ai dit que j'étais amoureuse du gars d'en face.

Deux jours plus tard, la veille de l'anniversaire de Ben, Eddie sombrait dans le coma.

***

Quand Ben entra dans la chambre d'Eddie, il crut pénétrer dans un tombeau égyptien. Les volets à demi fermés par le vent de la veille et les murs sombres plongeaient la pièce dans une semi-pénombre, juste percée par un rai de lumière poudreux tombant droit sur le lit défait. En cinq jours à peine, le temps avait déposé une mince couche de poussière sur les meubles, accentuant ce sentiment d'abandon millénaire. À l'hôpital, Ben s'était proposé de ramener des fringues propres et des affaires de toilette s'il en manquait, évitant à Mme Dunham de quitter le chevet d'Eddie. Elle lui en fut d'autant plus reconnaissante que son autre fils n'était pas là. Chez eux, il avait rapidement trouvé ce qu'il cherchait – ce pourquoi il était réellement venu –, sur la table de chevet de Mme Dunham et ce qu'il avait lu dans la posologie le laissait espérer mieux que ce qu'il s'était imaginé. Loïs devait, elle, s'occuper de trouver l'alcool. Puis Ben prit, dans la salle de bain, des serviettes et des gants de toilette, du shampoing, du lait démaquillant et des cotons et dans la chambre d'Eddie, des t-shirts et des boxers. Quand il eut fini de remplir le sac de sport, il s'assit sur le lit et regarda autour de lui sauf par terre où les manettes de PS4 étaient restées. Sous l'oreiller, il trouva un t-shirt, probablement celui avec lequel Eddie dormait la nuit ; il le respira et le fourra dans la poche ventrale de son coupe-vent. Il sortit de l'appartement et alla frapper doucement à la porte d'en face. Loïs lui ouvrit et prit sans rien dire ce qu'il lui tendait dans une enveloppe. Elle lui donna un sac en plastique qui semblait lourd et fit juste un signe de la tête : ce serait pour ce soir. Alors, il partit pour chez lui et elle rentra se préparer. Plus tard, il prendrait le bus pour l'hôpital. Dehors, la pluie s'était remise à tomber dru. Pluie 2 – Vent 1.

Elle avait même réussi à pleurer au téléphone. Elle lui avait dit qu'elle souhaitait le revoir, qu'elle s'excusait, que non elle n'aimait pas le gars d'en face qui était pédé de toute façon, mais qu'elle avait voulu le provoquer pour qu'il fasse plus attention à elle, qu'il lui montre qu'il l'aimait passionnément comme au début. Il était resté quasi muet et son silence avait commencé à la faire douter… Même si ce n'était pas lui… pour elle… pour la justice… elle le ferait… même sans l'aide de Ben. Alors qu'elle se disait qu'après tout, elle pourrait aussi ne rien lui dire de ses doutes et continuer de s'assurer de son concours, Sullivan parla :

– Tu sais, je tuerai pour toi…

Lois lui donna rendez-vous derrière le vieux Mr Meuble désaffecté, sur le parking où personne ne venait jamais depuis que la rumeur qu'un gosse s'était fait mordre par un rat gros comme un chiot circulait. À 17h30. Son père rentrerait à 19h30 et il la voulait auprès d'elle pour dîner.

***

Ben quitta l'hôpital vers 18h30, laissant Mme Dunham endormie dans un fauteuil, dans un coin de la chambre d'Eddie, après qu'il ait surdosé son verre de jus de pomme avec un de ses propres Lexomyl. À 18h47, il prit le bus n° 16 direction Route de la Chapelle, descendit à l'arrêt Alfred de Nobel et marcha sous la pluie jusqu'à une sorte d'espace marécageux limité par un grillage défoncé. Ben connaissait l'endroit pour l'avoir exploré quand le parking du Mr Meuble était encore fréquentable et qu'il faisait de la mini-moto avec son grand cousin. Si on coupait par-là, on se retrouvait à l'ouest du parking, sans prendre le risque d'être repéré par la circulation de la départementale 13 qui traversait la zone industrielle. Lorsqu'il déboucha des hautes herbes, son fut' et ses baskets étaient trempés. Il fallait encore monter un petit talus casse-gueule pour accéder au parking et il dut se mettre à quatre pattes pour ne pas être emmené par le poids de son sac à dos. Arrivé en haut, son cœur se mit à tambouriner : la Duster était là, tapie dans l'ombre du mur arrière du magasin. De là où il était, il ne pouvait rien distinguer de l'intérieur de la voiture, le soleil avait commencé à descendre depuis dix minutes, le ciel était encore plombé d'eau grise et aucune lumière — de la route, ou des lampadaires alentour — n'atteignait le lieu. Il regarda sa montre, il était déjà 19h07 — chez elle, Loïs devait être en train de préparer une boîte de Canigou pour le dîner — ; il s'avança sur le parking et arrivé à cinq ou six mètres de la voiture, il discerna une forme sur le siège conducteur. Il inspira et expira calmement plusieurs fois, sortit son téléphone portable et appela sa mère pour lui dire qu'il était encore à l'hôpital, qu'il partirait d'ici une demi-heure, trois quarts d'heure et qu'il arriverait vers 20h10 à la maison. Depuis l'agression, elle lui interdisait de traîner dans la cité, mais elle ne pouvait lui défendre d'aller voir Eddie, même lorsqu'elle travaillait. Il sortit des gants de son sac, des gants de latex que sa mère avait pris l'habitude d'utiliser chez eux aussi. Il les enfila et se dirigea vers la voiture. Il se pencha sur la vitre conducteur puis il ouvrit doucement la portière. Sullivan était assis, la tête renversée sur le côté, la bouche ouverte, complètement dans les vapes ; ses cheveux, d'ordinaire soigneusement plaqués en arrière, s'échappaient maintenant en mèches cartonnées. Ben lui trouva l'air d'une grosse bouse ce qui facilita encore plus les choses, même si dans sa tête il était acté depuis longtemps — depuis le début en réalité — que ce serait facile. Il passa côté passager et tata sous le siège : Loïs y avait laissé les clefs ainsi que le cran d'arrêt qui avait servi à poignarder Eddie. Il rangea le couteau dans sa poche kangourou, mit le contact pour baisser la vitre côté passager et sortit le matos de son sac, six bouteilles neuves d'alcool en plastique et plusieurs bandes de tissu découpées dans un vieux torchon de cuisine, protégées dans un sac de congélation. Il commença par imbiber d'alcool les bandes de tissus qui serviraient de mèches, puis il en plaça une dans chaque bouteille — quatre —, qu'il cala derrière chaque siège et sur la banquette arrière, plus une qu'il installa entre les cuisses de Sullivan. Avec le reste des bouteilles, il aspergea les sièges, en prenant soin de ne pas s'en fiche sur lui. Enfin, il ferma la voiture et jeta les clefs sur le siège arrière. De son sac, il sortit une dernière bouteille remplie de liquide inflammable, une en verre qui avait autrefois contenu de la limonade. Il y replaça une longue mèche imbibée qu'il coinça avec le bouchon mécanique et l'enflamma avec un briquet. Il recula de trois ou quatre mètres et regarda autour de lui. Seul le noir allait assister à ça. Il visa la fenêtre côté passager. La bouteille atterrit sur le siège qui prit feu instantanément. Son cœur accéléra, cognant si fort sa poitrine qu'il crût qu'il allait en jaillir et se retrouver à ses pieds. À côté, Sullivan ne bougeait pas. La Duster s'embrasa comme une lanterne japonaise, les flammes s'enroulant jusqu'au plafond. Il s'entendit respirer fort : la pluie avait cessé. Même la Nature voulait crever ce fils de pute.

Il refit le même chemin pour retourner à l'hôpital, mais à pied, moitié marchant, moitié courant, poursuivi par le son du plastique de l'habitacle qui claque sous la chaleur et l'impression que les flammes lui léchaient le cul. Il arriva à 19h54 dans la chambre. Mme Dunham dormait toujours. Il s'assit sur le lit, prit la main d'Eddie et la pressa contre ses lèvres. Puis il réveilla Mme Dunham en lui disant qu'il partait et qu'il reviendrait demain. Elle le serra contre elle et il s'en alla. Dans le bus, il envoya un SMS à sa mère pour lui dire qu'il avait quitté l'hôpital et qu'il aurait un peu de retard. Son cœur avait repris une allure normale, mais il aurait bien aimé tirer deux — trois lattes sur un gros joint. Dans la vitre du bus, il vit son reflet, un gamin de quatorze ans, un peu pâle et les traits tirés, mais rien d'autre. Il sortit le t-shirt d'Eddie qu'il cala sous sa joue et ferma les yeux. Tout allait bien aller maintenant.

# SŒURS

Personne ne chassait plus dans cette forêt immense, depuis combien de temps, nul ne s'en souvenait avec précision, — même pas les plus âgés du village — mais c'était bien avant la guerre opposant ces bâtards de Français aux Prussiens, et la nature y avait repris ses droits, déroulant, sur la quasi-totalité de son territoire, une végétation inextricable verte et brune, des ronces de la taille d'un bras de bébé, du buis haut comme un homme et des arbres aux racines énormes et tentaculaires. Elle restait cependant accessible par le sud depuis le village de fermiers voisin, par des sentiers de cailloux blancs et une végétation de fougères plus clairsemée. Une vieille femme y habitait, depuis des années, dans un ancien pavillon de chasse transformée en charmante bicoque et sa petite-fille, qui venait lui rendre visite fréquemment, y séjournait parfois pour quelques jours. Malgré cela et l'abondance de baies comestibles et de champignons, peu de gens s'y aventuraient jamais, l'endroit souffrant d'une aura étrange et oppressante qui mettait mal à l'aise. On disait que la forêt abritait le Mal. Si certains pensaient que la vieille et sa petite-fille étaient folles d'habiter là, ils le disaient entre eux, en chuchotant, car elles étaient la mère et la fille du maire. Les autres — qui croyaient qu'elles étaient sorcières —, ceux-là fermaient leur clapet à merde et le gardaient pour eux.

Jodie et Madeleine — quatorze et dix-sept ans — vivaient à la frontière nord du village. Elles partageaient une chaumière délabrée faite d'une seule pièce avec leur mère, une femme jeune encore, mais usée par son travail de lavandière. Elle était d'autant plus affaiblie que ses deux filles, paresseuses et oisives, passaient leur temps à courir les champs sans jamais l'aider à rien.

Un jour qu'il faisait particulièrement chaud, la mère était partie tôt à la rivière laver un ballot de linge, espérant profiter du soleil au zénith pour qu'il sèche rapidement et avancer ainsi dans son ouvrage. Mais peu avant l'heure du déjeuner, des enfants venus pêcher le brochet virent, portées par le courant, des taches colorées passer dans le bras de la rivière où ils s'étaient installés : des vêtements, des vêtements flottaient. Les enfants, intrigués, coururent en amont et découvrirent la lingère du village, le visage dans l'eau, le jupon relevé sur son derrière dénudé et le ballot de linge défait, éparpillant son contenu. Lorsque les filles revinrent le soir à la petite chaumière, la chevelure piquée de brins de paille et les joues halées d'avoir autant vu le soleil, un comité d'hommes du village, dont le maire, les attendait dans l'allée menant à la porte. On leur expliqua que leur mère avait été retrouvée sans vie à la rivière – probablement la chaleur – et qu'on avait déposé son cadavre à l'intérieur. Une fosse serait creusée et un cercueil monté le soir et on l'enterrerait demain matin. Si elles avaient besoin de quelque chose, d'une robe pour l'enterrement par exemple, elles pouvaient s'adresser aux femmes du village. L'aînée, qui savait que ces salopes préféreraient assurément noyer leur propre marmot plutôt que les aider en quoi que ce soit, se contenta de le regarder sans aucune expression. La cadette sembla plus affectée, ses yeux papillonnant des hommes à sa sœur, des hommes à la petite maison, de la petite maison à sa sœur, mais elle resta muette. Elles attendirent le départ des hommes pour entrer dans la maison qui serait désormais moins étroite pour elles deux. Leur mère était allongée sur le lit de Madeleine, celui le plus proche de la porte et des mouches bleues tournoyaient autour de son visage, seule partie du corps à émerger de sous la couverture épaisse que l'on avait jetée sur elle. Madeleine les chassa d'un geste impatient et regarda sa mère sans que rien sur son visage ne laisse entrevoir une quelconque marque d'émotion. Dehors, le soleil déclinait à peine, mais la maison, habituellement sombre, était à présent plongée dans une quasi-obscurité. Madeleine alluma une chandelle qu'elle posa sur un tabouret près du lit. La lumière douce ne flattait pas la morte qui n'avait jamais été belle : la misère avait gonflé ses traits et les tâches ingrates en tout genre, épaissi et tanné sa peau comme du cuir. Madeleine ôta la couverture et se mit à examiner le corps avec autant de froideur que si elle avait été une acheteuse au marché de la volaille du village voisin. Elle souleva le menton, regarda le cou, puis elle dégrafa son corsage et découvrit sa poitrine. Derrière elle, sa sœur émit un son étranglé que Madeleine ignora : elle regardait sous les ongles de la morte en plissant des yeux. D'un grand geste, elle souleva le jupon qui découvrit des jambes torses et poilues. Elle releva ses genoux et les écarta.

— Qu'est-ce que tu fais ? cria Jodie.

— Ta gueule.

Sur la face interne de la cuisse, en haut près du pli de la fesse, du sang avait séché, Madeleine se pencha, les deux mains sur les genoux de la morte et regarda plus avant. Une mouche se posa à l'entrée du vagin. Madeleine la chassa et se tourna vers sa sœur :

— Aide-moi à la tourner.

Jodie la regarda, effarée et secoua la tête.

— Putain, fais pas ta connasse et aide-moi.

S'il y avait bien quelque chose que Madeleine ne supportait pas, c'était que Jodie oublie sa place de cadette et l'obéissance aveugle inhérente à un tel statut et les rares fois où cela arrivait, elle se faisait force de le lui rappeler, par n'importe quel moyen… Aussi, Jodie l'aida à tourner leur mère, non sans répugnance. Du sang avait taché le tissu. Madeleine découvrit le cul de la morte qu'elle n'eut pas besoin d'écarter pour constater le viol. Elle rabattit doucement la jupe sur les jambes de sa mère et la retourna avec Jodie. Elles la recouvrirent de la couverture.

Madeleine s'assit sur un tabouret et regarda autour d'elle.

— Qu'est-ce qu'il y a, Madeleine ?

Jodie se tordait les mains et suivait des yeux ce que sa sœur regardait. La masure était sale et désordonnée. Le mobilier se résumait à un minuscule garde-manger où moisissait du pain gris, une commode à linge et, encadrant une table graisseuse noire et ses tabourets en bois, les trois lits : au fond, celui de la mère où se dressait, à peine visible contre le mur crasseux, une cheminée malodorante ; à côté, celui de Jodie et près de la porte celui de Madeleine, qui sortait la nuit comme bon lui semblait. Dehors, dans le jardin derrière la maison, un puits, un cerisier qui donnait des fruits aigres et de longues cordes étendues sous les pommiers qui, jusqu'à l'automne, parfumaient agréablement le linge.

— On va partir d'ici. Demain après l'enterrement, dit Madeleine.

Jodie écarquilla les yeux et dans l'obscurité de la maison, elle ressemblait à un animal traqué.

— On va aller où ?

Madeleine se leva et ouvrit la commode à linge. Elle sortit des vêtements et en fit un ballot. Puis elle alla jusqu'à la cheminée et prit le contenu d'un pot caché dans l'âtre : des sous, à peine assez pour s'acheter une livre de farine. Elle regarda un moment le maigre tas de pièces au creux de sa paume puis le fourra dans son bas. Elle se dirigea vers la table, choisit un couteau qu'elle entoura d'un morceau de tissu et qu'elle posa sur le ballot de linge.

— On va aller où ? répéta la cadette.

Jodie tremblait et sous la chandelle, son visage couleur cendre luisait. Madeleine continuait de s'affairer, cherchant, soulevant, soupesant. Elle dénicha une vieille outre en peau qu'elle ouvrit et sentit, et qu'elle posa à côté du couteau. Jodie se mit à pleurer doucement.

Dans la nuit, après que Madeleine l'avait appelée dans son lit qui n'était pas son lit, mais celui de sa mère, Jodie allait mieux ; Madeleine lui avait exposé son plan : elles traverseraient la forêt et prendraient le chemin qui menait aux Terres de Maraval. Là-bas, avait-elle raconté, il suffisait de plonger les mains dans l'eau des rivières pour trouver des pierres précieuses, l'air y était si doux, l'herbe si tendre que les gens dormaient volontiers à la belle étoile sans craindre la morsure du froid et le plus pauvre des habitants mangeait toujours à sa faim, car les arbres regorgeaient de fruits mûrs toute l'année.

« Et le loup ? », avait soufflé la cadette, nichée contre l'épaule de son aînée.

— Le loup ? avait répété Madeleine, les yeux au plafond. Le loup, on lui coupe les couilles, il est écorché vif sur la grand-place et donné en pâture aux sorcières de la forêt.

— Les sorcières ?

— Oui, là-bas les terres sont protégées par des sorcières.

— Nous, on est des sorcières ?

Madeleine, se tourna vers sa sœur, le regard noir brûlant, prit sa main qu'elle guida entre ses cuisses moites et ferma les yeux.

— On est pires, murmura-t-elle.

Le bedeau avait le teint rougeaud, le nez fort et une femme simplette, comme tous les bedeaux que Madeleine avait connus. Il ne dit en tout et pour tout, pas plus de dix mots pour la morte à qui il n'avait probablement jamais parlé. Autour de la fosse étaient réunis les deux sœurs, le maire, le fossoyeur et quelques bonshommes venus aider à transporter le corps dont Lars, le fils du maire qui se tenait au bord du trou, la tête baissée, ses cheveux sales cachant son visage qu'il avait long et maussade comme celui d'une truite. Lorsque vint son tour de lancer une poignée de terre sur la boîte en bois, il leva la tête et vit qu'elle le fixait. Il la regarda sans rien dire et jeta la terre. Elle savait et peut-être avait-il deviné qu'elle savait, mais lui il était fils de maire.

Les deux sœurs n'attendirent pas que la terre soit tassée pour prendre leurs affaires et partir. Elles quittèrent le cimetière et le village sans un regard en arrière. Jodie avait pleuré un peu, sur le souvenir déjà lointain de cette femme qui lui passait une main fraîche sur son front brûlant lorsqu'elle était malade, et sur les pommiers sauvages et les coquelicots du jardin, mais à présent, elle rêvait de l'herbe verte et de l'or et des rubis qui brillaient au fond des rivières d'argent de Maraval. Et puis elle était avec Madeleine qui s'était toujours occupée d'elle et même le voyage au travers de la forêt ne l'effrayait pas autant qu'il aurait dû. Avec Madeleine, elle se sentait protégée.

Le début du voyage fut agréable : le soleil cheminait avec elles et le sentier qu'elles suivaient était joliment bordé de part et d'autre de parterres de violettes blanches, de coucous et de muguet sauvage. Jodie regardait partout autour d'elle comme si elle avait pénétré un pays magique ; elle mourrait d'envie d'aller cueillir des fleurs et de faire des couronnes, mais Madeleine le lui avait interdit, car s'éloigner du sentier pouvait être dangereux à cause des animaux sauvages. Le soleil tapait fort malgré la frondaison et bientôt Jodie commença à avoir des étourdissements. Madeleine, pourtant plus robuste et dure au mal que sa sœur, sentait elle aussi la déshydratation épaissir le sang dans ses veines. Elles décidèrent de quitter le sentier un moment et de s'enfoncer dans le sous-bois à la recherche de plus de fraîcheur. Elles finirent par s'allonger sous un énorme chêne, dans l'ail des ours odorant et s'assoupirent au son paresseux des bourdons.

Lorsque Jodie se réveilla, elle crut que le cri venait de son rêve. Elle mit quelque temps à reprendre ses esprits et se rappeler que leur mère avait été enterrée le matin, qu'elle traversait à présent la forêt avec Madeleine, en route pour les Terres de Maraval. Le soleil avait baissé et des ombres étaient apparues entre les arbres. Le cri, bref et perçant, retentit une nouvelle fois, vers l'est. Une fille. Jodie regarda autour d'elle, Madeleine avait disparu, mais son baluchon était toujours là sous l'arbre. Elle voulut se lever, mais un vertige lui coupa les jambes et la fit se rasseoir. À quelques mètres, il y eut le bruit d'un feuillage qu'on écarte et Madeleine apparut, essoufflée, la coiffure défaite et le jupon de travers.

— Jodie, ramène-toi.

Jodie se leva tant bien que mal, hésita, puis se chargea des deux ballots avant de rejoindre sa sœur.

— Viens.

Elle suivit Madeleine jusque dans une petite clairière cerclée de chênes et de hêtres. En levant les yeux, elle vit que le ciel tirait vers l'indigo et que les premières étoiles ne tarderaient pas à scintiller : elles allaient dormir dans la forêt et tout à coup, à la lumière baissante du jour, Madeleine n'apparaissait plus aussi sécurisante que sous le soleil éclatant, parmi les fleurs et les oiseaux chanteurs. Elle s'apprêtait à demander d'une voix geignarde ce qu'elles allaient faire maintenant que la nuit tombait, lorsque Madeleine stoppa à la bordure du cercle, devant un arbre où une gamine était attachée par les poignets aux branches les plus basses. La fille semblait plus jeune que Jodie, peut-être douze-treize ans, elle portait une cape rouge avec un capuchon et un bâillon avait été enfoncé dans sa bouche. Ses yeux, agrandis par la peur, roulèrent dans leurs orbites quand elle vit s'approcher Madeleine et son corps entier rua en arrière, s'écorchant les jambes contre l'écorce de l'arbre. Jodie remarqua alors le couteau dans la main de sa sœur, le sang qui barbouillait la joue de la fille et le tissu du bâillon. C'était le torchon pris sur la table de la chaumière pour entourer le couteau. Madeleine se tourna vers Jodie en souriant méchamment :

– Ce soir, on va dormir chez Mère-Grand.

Du plus loin que Jodie se le rappelait, Madeleine avait toujours été cet être incontrôlable et dangereux de qui leur mère elle-même se méfiait. Lorsqu'elles se trouvaient les trois dans leur chaumière, la tension était aussi palpable que si on avait mis un chat sauvage et deux écureuils dans une cage. À neuf ans, Madeleine brûla le linge que sa mère avait en charge parce celle-ci l'avait punie d'avoir tapé Jodie. Tandis qu'elle se faisait fouetter jusqu'au sang, Madeleine avait gardé les yeux fixés sur sa sœur, les mâchoires tellement serrées que les muscles roulaient sous sa peau, la promesse dans ses prunelles couleur charbon que pour chaque zébrure qui la marquerait, Jodie sortirait sa langue. À onze ans, elle assomma avec une pierre le fils du meunier après qu'il l'eut poussée dans le purin ; à la suite de quoi sa mère l'obligea à dormir dehors pendant trois jours à cause de l'odeur. À treize, elle attrapa le chat d'une femme du village qui l'avait traitée de « demeurée ». Elle le cloua à une planche et fait sécher au soleil. À dix-sept ans, elle fuguait et volait ; son corps modelé par les vagabondages sous la lune, les nuits dans les fossés humides et les repas de lapins sauvages rôtis à la broche, ressemblait aux racines tortueuses des chênes d'eau et ses cheveux, enchevêtrés sur sa tête comme des lianes, lui donnaient l'air d'une sorcière de la forêt. Au village, les rares fois où elle s'y rendait, les femmes l'évitaient et lui lançaient des regards mauvais, les petits enfants étaient fascinés par son air féroce et les cals de ses pieds nus qui paraissaient aussi durs que de la pierre, les hommes rêvaient de sa liberté, promesse d'une chatte à l'appétit insatiable… Mais Madeleine ne donnait rien à personne, elle prenait et arrachait ce qu'elle voulait comme si la vie lui devait tout. Elle ne se souciait ni des règles ni des lois et la moralité la laissait hébétée comme un loup qui vient de naître.

— Avant d'aller chez ta grand-mère, on va se restaurer avec ce qu'il y a dans ton joli panier.

Madeleine s'était accroupie à côté de la fille et fouillait dans un panier en osier recouvert d'un torchon très blanc que leur mère avait peut — être lavé.

— Ensuite, je te raconterai une histoire, mais je ne suis pas sûre que tu la trouves bonne.

Madeleine sourit, les mains pendant entre ses deux genoux ouverts comme un garçon.

— En tous les cas, elle parle de toi, cette histoire.

Elle regarda un moment la fille qui avait cessé de vouloir s'échapper, eut une moue de dégoût et se tourna vers Jodie en brandissant une bouteille de vin sortie du panier.

— Mais avant, on va trinquer à cette première nuit en forêt !

Elles mangèrent la galette plate que contenait le panier, ainsi que du beurre jaune dans un petit pot de terre cuite. Jodie s'était assise, les deux ballots sous ses bras et attendaient la suite des événements. Elle savait que demander à Madeleine ne servirait à rien, aussi elle but et mangea ce que sa sœur lui tendit, sans quitter l'enfant des yeux. Elle venait du village, Jodie l'avait déjà vue, mais comme elle ne fréquentait ni l'école ni le temple elle ne savait pas vraiment qui elle était. Mais elle n'était pas fille de paysan : la finesse des bas, la dentelle blanche de la robe qui dépassaient du tissu épais de la jolie cape rouge, et le ruban soyeux qui retenait ses cheveux lisses et brillants indiquaient le contraire. Malgré tout, Jodie ne la trouvait pas très gracieuse, certes sa bouche était déformée par le bâillon, mais elle avait de gros yeux comme des marrons, un visage rond et la couleur de ses cheveux était fade. Rien à voir avec les siens qui avaient — d'après sa mère — « la couleur du blé qui s'embrase sous le soleil couchant ».

Après le repas qu'elles n'avaient pas du tout partagé avec la fillette, Madeleine s'approcha d'elle.

— C'est l'heure du conte. Je vais ôter ton bâillon maintenant et défaire tes liens de l'arbre. Si tu cries ou que tu tentes de t'échapper, sache que je cours comme un lièvre. Je te rattraperai en moins de temps qu'il n'en faut pour le dire et je te ferais sauter les yeux avec mon couteau. T'as compris ?

La gamine hocha la tête et se laissa faire, aussi docile que les marionnettes qu'elle allait voir sur la grand-place du village quand venait le montreur.

Jodie ne la trouvait pas plus jolie sans le bâillon, sa bouche était petite et étroite et elle avait l'air d'une petite truie avec son nez coulant. Madeleine la fit asseoir en appuyant ses mains sur ses épaules et recula, accroupie. Elle la regarda comme si elle voulait qu'elle prenne feu.

— Il était une fois, commença-t-elle, un petit village bâti non loin d'une grande forêt que les vieux disaient habitée par des loups et des sorcières mangeuses d'enfants, et qui était traversée par une rivière d'argent. Tous les habitants de ce petit village se connaissaient et s'appréciaient. Certains s'appréciaient même tellement qu'ils se mélangeaient la bouche et le reste sans être mariés : la femme du boulanger avec le meunier, le maréchal-ferrant avec la femme du bedeau, le fils du boucher avec la femme du tailleur. Le tailleur avec le meunier… Bref, un vrai havre de paix et d'amour. Cependant, accrochées à ce village comme une vilaine verrue au nez crochu d'une sorcière, vivaient une lavandière et ses deux filles. Les deux filles, que près de trois années séparaient, ne se ressemblaient en rien. L'aînée était bien bâtie, avec des yeux sombres comme le miroir d'un lac sous la nuit, la peau couleur miel foncé et des cheveux revêches. La cadette était maigrelette avec de longs cheveux fins couleur cuivre et des yeux bleus sans expression. Un jour, la cadette, pour laquelle la lavandière n'avait jamais caché sa préférence, fut en âge de demander où était la bite de la maison. La mère, la mine défaite, prit sa fille sur ses genoux et lui raconta une jolie histoire, celle d'une lavandière et d'un paysan aux épaules larges et aux yeux clairs qui s'aimaient follement. Un jour de forte chaleur, et alors que la cadette était encore en couche, l'honnête homme mourut écrasé par un ballot de paille. Ce fut une perte incommensurable pour la femme dont le cœur se ferma à jamais après lui. Cependant, continua-t-elle à raconter à la petite fille rousse sur ses genoux, Dieu avait permis que le brave homme continua de vivre au travers de leur enfant chérie qui avait hérité de son teint laiteux et ses yeux clairs magnifiques ; ainsi, était-il toujours un peu avec elles, dans leur petite chaumière à une pièce et l'illuminait-il par son souvenir pour toujours vivace. Pour finir, la lavandière versa quelques larmes et fit promettre à la petite fille de ne plus en parler tant cela la faisait souffrir. La fillette promit et il ne fut plus jamais fait mention du paysan et de la lavandière. Vous remarquerez que dans cette histoire, on ne parla pas de la fille aînée… Et pour cause… Car la vérité était tout autre. En réalité, le paysan n'avait été qu'un aimable camelot de passage qui sauta la lavandière à même le sol de terre battue de la maison, devant l'aînée, — alors âgée d'à peine trois ans —, terrorisée par les râles d'animal et les yeux exorbités de la lavandière qui hantèrent ses nuits pendant longtemps. Quelques mois après, la lavandière accoucha d'un bébé à la peau et aux yeux clairs. Rien à voir avec les prunelles sombres de l'aînée et son teint foncé… En grandissant, il apparut évident — pour tout le monde — que les filles ne partageaient pas la même ascendance… Mais la mère ne raconta jamais qu'une seule histoire, comme si celle de la plus âgée de ses filles était si horriblement pathétique qu'elle ne valait pas la peine qu'elle fabule. Parfois, il arrivait à la fille de surprendre le regard de sa mère sur elle, un regard empli de dégoût et quelquefois même, de peur. Souvent, on y voyait de la haine, une détestation tellement franche que la fillette en pleurait le soir dans son lit. Aussi, en grandissant, elle décida que puisqu'elle ne pouvait prétendre à l'amour maternel comme sa sœur cadette, elle ne donnerait rien et ne serait jamais une fille loyale et aimante. Et pour le grand malheur de sa mère, elle entraîna sa jeune sœur dans ce tourbillon d'ingratitude et de perversion.

Les deux gamines étaient suspendues aux lèvres de Madeleine : Jodie mâchouillait une mèche de cheveux, les yeux grand ouvert, encadrée des deux baluchons ; la gamine, elle, avait un air sérieux et gris plaqué sur son visage, mais ses yeux dévoraient Madeleine qui regardait au loin les arbres devenus une armée d'ombres.

— Il est peu probable que les villageois n'aient jamais entendu cette histoire de faux paysan, auquel cas, ils n'y ont pas cru, à coup sûr. Toutefois, il était entendu que la mère était la meilleure lavandière du village et des alentours, et les femmes lui confiaient leur linge en toute sérénité, car si des rumeurs couraient sur elle et certains hommes, soit ils étaient veufs, soit ils n'avaient pas pris femme. Jamais, on ne l'avait surprise à genoux devant un homme marié. Le peu de moralité qu'on lui prêtait n'allait visiblement pas jusqu'à convoiter les hommes bagués. Pour autant, on ne tolérait sa présence que pour ces raisons et cette famille sans mari ni père resta peu honorable aux yeux du village durant toute son existence. La femme et ses deux filles étaient isolées dans leur propre communauté : on ne les invitait ni aux manifestations du village, ni au temple et que les filles, bien qu'inscrites, n'aillent jamais à l'école, ne posait de problème à personne. Que pouvaient Dieu et l'éducation pour cette famille de demeurées ?

Madeleine posa son regard sur la fillette au manteau rouge et sourit.

— Et dans ce village — comme souvent dans ces sortes de villages d'apparence bien proprette —, il y a une famille mieux que les autres, le haut du panier à fraises, composée d'un homme grand, large d'épaules comme le faux paysan de la lavandière, de sa femme, ronde et jolie, d'un garçon paresseux et immature qui fait l'orgueil de ses parents et d'une petite fille, maligne comme un renard.

Madeleine fit un clin d'œil à la gamine, un clin d'œil froid comme un croissant de lune en hiver.

— Tu vois de qui je veux parler ?

La gamine ne répondit pas, mais le peu de couleur qui lui restait encore avait fui son visage.

— Le père est le maire du village et la mère se pavane sur la grand-place comme si elle avait une couronne sur la chatte. Mais probablement ne le ferait-elle pas si elle savait que son chef de mari continue de fréquenter le cul blanc des très jeunes putes de Samuel, la ville d'à côté. Ou peut-être feint-elle de l'ignorer, étant elle-même une ancienne très jeune pute de Samuel, mais qui avait réussi à ferrer le gros poisson et à s'en faire épouser. N'était-ce pas là une raison de s'enorgueillir ? Le fils aîné aime aussi les filles, mais il n'a pas le charme du père ni sa stature de chef. Il n'est qu'un maigre coucou avec de gros yeux et son zob doit probablement être aussi pathétique que son visage de fouine. Cependant, il est fils de chef et en tant que tel, il doit pouvoir obtenir ce qu'il veut. Mais les filles ne se laissent pas faire, elles se moquent de lui et le fuient. Aussi, un jour, tandis qu'il est seul et longe la rivière, il voit cette femme, cette lavandière qui habite près de la forêt, elle a la réputation d'être une femme de petite vertu : elle a eu deux filles de deux pères différents et elle n'est pas mariée. Elle est accroupie dans la rivière, qui malgré le soleil au-dessus d'elle qui cogne dur, doit être à peine réchauffée ; son jupon est relevé et elle frotte le linge des bourgeoises du village avec ce pain de savon qu'elle fabrique elle-même à base de poudre d'hibiscus et de fleurs de lavande. Il se dit que son cul lui tend les bras. Alors, il tente de la prendre par-derrière, mais cette salope se débat et parvient à se retourner ; elle le reconnaît et lui griffe le visage, il la frappe, il la retourne et la viole, elle saigne. Quand il a fini, elle pleure et le regarde, il sait qu'elle va parler et même si aucune personne au village ne pourrait décemment la croire, il a un doute… contrairement à son père que tout le monde aime, les gens ne l'apprécient guère, il le sait. Aussi, il n'hésite pas très longtemps : il l'étrangle et s'enfuit.

Jodie avait cessé de mâcher ses cheveux. On ne voyait plus d'elle que du blanc : le croissant blanc de ses yeux, la peau de son cou et de ses bras. L'expression de la fille restait, elle, indéchiffrable, son être entier enfoncé dans la forêt comme si elle était un nouvel arbre.

– Lorsque les filles de la lavandière rentrent le soir, des hommes du village les attendent devant la porte de leur minuscule maison. Le maire est là et leur annonce la mauvaise nouvelle. Il précise que c'est probablement la chaleur. Ils l'ont déposée à l'intérieur et reviendront demain la chercher pour l'enterrer ; le maire pose une main sur l'épaule de l'aînée et lui dit que sa sœur et elle n'ont pas à s'inquiéter, le village prendra en charge la totalité des frais de l'enterrement et en tant que membres de la communauté, elles peuvent compter sur elle pour être soutenues dans cette putain de douloureuse épreuve. L'aînée regarde sa sœur qui a cet air abruti qui la rend si vulnérable et elle se dit « maintenant, il n'y a plus que nous deux ». Elles entrent dans la maison et l'aînée est surprise de ne sentir qu'une légère odeur fade de chair morte, comme un porc qu'on vient de saigner. La fraîcheur de la maison a dû préserver le corps, mais des mouches sont déjà là malgré que les hommes aient eu la délicatesse de le draper d'une couverture.

Madeleine a un rictus, mais dans la pénombre, il n'est que pour elle.

– L'aînée s'approche du corps. Elle veut voir, parce qu'elle est curieuse, parce qu'elle n'arrive pas à y croire. Elle ôte la couverture. Le visage de la mère est toujours aussi peu amène, creusé de sillons profonds, comme faits au burin. Des lèvres sèches et pâles à peine dessinées, un affreux menton carré, un bec d'aigle et ce qu'il y a de plus beau a disparu sous ses paupières closes. Elle l'examine, elle sait qu'elle n'est pas médecin, mais elle veut se faire sa propre opinion. Elle soulève son menton, regarde son cou et dégrafe son corsage. Pas besoin de bésicles pour voir qu'elle a des marques sur le cou, des marques d'étranglement. Elle attrape ses mains rêches et crevassées et regarde ses doigts, elle regarde ses ongles. Sous ses ongles, il y a du sang et quelque chose qui ressemble à de la pâte blanche. Alors, la fille découvre entièrement le corps et soulève le jupon. Elle lève, écarte les genoux et se penche vers la chatte de la morte. Sur l'intérieur des cuisses, il y a une trace de sang, une trace de sang « essuyée » et en regardant de plus près, elle s'aperçoit que les cuisses ont été lavées, mal, elles portent des marbrures de peau propre et sale. Elle demande à sa sœur de l'aider à la retourner et soulève le jupon qui porte des traînées marron de sang séché. En bas du cul, les traces sont encore moins bien nettoyées… probablement des hommes, pense-t-elle. Elle a été violée. La fille a la haine, elle a toujours eu la haine, surtout envers cette femme qui l'a toute sa vie ignorée. Mais cette fois, elle est triste aussi. Ce viol la ramène à ce qu'elles sont, ces trois femmes dans leur bicoque minuscule et dégueulasse : des êtres primaires, qui ne sont pas mieux considérées qu'un chien errant qu'on s'amuserait à torturer. Elles sont de la pâtée pour les cochons.

Le soir, l'aînée décide de partir avec sa sœur pour les Terres de Maraval, terres de sorcières, où pour être, il faut faire. Le lendemain, à l'enterrement, elle regarde ces hommes et se demande lequel a nettoyé sa mère : le bedeau, le boulanger, le maire ? Non pas le maire… Sûrement le bedeau qui, sous prétexte de faire le médecin, a bandé en introduisant un doigt ou deux en elle. Et puis ses yeux se posent sur le fils du maire, ce gamin revêche et méchant qu'elle a déjà frappé pour avoir embêté sa sœur. Il porte une sorte de foulard autour du cou, mais à la base de la mâchoire, près de l'oreille droite, il a des éraflures qui doivent descendre sur la gorge. Il la regarde. Il sait qu'elle sait, mais il n'en a rien à faire, car pour tout le monde et comme sa mère, elle est de la pâtée pour cochons.

La voix de Madeleine était restée égale et grave, elle pouvait pleurer ou sourire, dans le noir, on ne voyait rien. Au — dessus d'elles, les étoiles avaient éclos, seules ou par groupe.

Souvent, la fille à la cape rouge s'était demandé si au moment de s'illuminer, les étoiles produisaient un son particulier, si dans l'espace lointain, à l'instant où le ciel s'éteignait, ce n'était que cacophonie lumineuse. Mais là, la fillette ne pensait pas aux chants des étoiles, elle pensait à son frère qu'elle avait surpris le matin — avant qu'elle ne parte chez leur grand-mère qui vivait dans les bois —, à contempler dans le miroir de l'entrée des marques qu'il avait au cou, des griffures rouges qui barraient le bas de sa joue et sa gorge. Il avait arrangé précipitamment le foulard autour de son cou lorsque leur père l'avait appelé du dehors, et maintenant, elle était heureuse qu'il ne l'ait pas vue.

— Quel putain de conte pour la nuit, pas vrai ?

Madeleine ne s'adressait à personne en particulier et sa voix prenait toute la place dans le noir comme un acteur arpentant une scène. Ses genoux craquèrent lorsqu'elle se leva. Elle bougea dans l'obscurité : cassure de branche, bruissement de tissu, air qui se déplace. Elle se retrouva près de Jodie, fouilla l'un des baluchons et en sortit une chandelle qu'elle alluma. Puis elle s'approcha de la gamine qui tremblait comme une feuille. Ses petits cheveux, collés à son front gris et moite lui rappelaient les vrilles de pois de senteur. Elle attrapa le lien entre ses deux mains, la hissa et lui remit le bâillon dans la bouche.

— Mène-nous jusque chez ta grand-mère maintenant. On se les gèle.

Elles revinrent sur le sentier qui serpentait entre les arbres lesquels, dans le noir, ressemblaient à des sentinelles. Jodie fermait la marche, effrayée par les bruits et l'obscurité, mais elle préférait se taire que risquer de mettre en colère Madeleine. Elles marchèrent ainsi quelque temps, en silence, si ce n'étaient les plaintes étouffées de Jodie trébuchant sur des racines, avant d'arriver à une bifurcation : un chemin de petits cailloux clairs tournait vers la droite, tandis que le sentier principal continuait vers le sud. Madeleine leva la chandelle vers la fille qui acquiesça. Elles s'engagèrent sur le chemin blanc, trop étroit pour que deux personnes marchent de front ; au-dessus d'elles, les branches à la cime des arbres entremêlaient leurs mains, dessinant une voûte en forme d'ogive. Jodie leva les yeux vers elle. Elle se sentait ailleurs, dans un de ces contes de fées que lui racontait sa mère quand elle était gamine, à elle seule, dans son lit placé à côté du sien près de la cheminée et loin de Madeleine qui dormait dans le courant d'air de la porte dégondée. Jodie savait la distance entre les deux femmes, mais elle ne se l'expliquait pas, pas très clairement du moins, Madeleine avait toujours paru ne devoir dépendre de personne. Jodie ne savait même pas pourquoi elle restait encore à vivre dans cette minuscule cabane pouilleuse avec elles. Pour elle, Madeleine pouvait vivre n'importe où, dans une grotte, une ferme ou à la cour du roi. Mais à présent Jodie était heureuse que sa sœur n'ait pas fui le foyer, car qui sait ce qu'elle serait devenue, elle qui n'était pas capable de suivre ses propres pas. Pour autant, cette rencontre avec la gamine en rouge, l'histoire que Madeleine leur avait racontée et qu'elle n'avait pas tout à fait comprise, mais qu'elle pressentait comme étant quelque chose de déterminant pour elles, la mettaient mal à l'aise et l'effrayaient presque. Comme ce plafond végétal que peu d'étoiles arrivaient à percer et ce petit chemin de cailloux blancs, presque phosphorescents dans la nuit.

Et cette cape rouge devant elle qui flottait dans le noir comme un fantôme en sang.

Le chemin déboucha sur ce qui ressemblait à une adorable petite maison aux murs blancs, à toit de bardeaux, percée de fenêtres à deux vantaux et entourée d'une barrière en bois très propre. Devant, un immense sapin s'élevait, bien au-dessus du toit, et qui, dans l'obscurité, avait l'air d'un colosse vacillant. La maison était enfoncée dans le noir, aucune lumière, extérieure, intérieure ne l'éclairait, faisant penser à un animal gigantesque tapi dans son terrier. Madeleine stoppa peu avant la barrière et se tourna vers la gamine.

— Je vais retirer ton bâillon. Si tu cries, je te coupe et ensuite, je tue ta grand-mère sous tes yeux, tu as compris ?

La fillette acquiesça.

— Tu vas dire à ta grand-mère que nous sommes des amies à toi qui viennent de perdre leur mère et qui se dirigent vers les Terres de Maraval pour rejoindre leur famille. Si jamais tu essaies quoi que ce soit, je deviens folle. On est d'accord ?

La fillette acquiesça de nouveau. Madeleine tendit la chandelle à Jodie et ôta le tissu de la bouche de la gamine.

— Tiens, essuie-toi le visage, tu as du sang. Au fait, quel est ton nom ?

Personne ne répondit lorsqu'Esther frappa une première fois à la porte. Elle regarda Madeleine qui lui fit signe de recommencer. Dans le silence de la nuit, rien depuis la maison ne lui répondit. Madeleine reprit la chandelle à Jodie.

— Putain, je croyais qu'elle t'attendait ? chuchota-t-elle d'un air menaçant. Pourquoi elle répond pas ?

Esther cligna des yeux, plusieurs fois et très vite, comme si elle réfléchissait rapidement.

— Je sais pas, il est tard, elle s'est peut-être endormie.

Madeleine l'empoigna par le devant de sa cape.

— Putain, fais-nous entrer…

La gamine se lécha les lèvres ; il lui semblait qu'elles avaient été découpées dans le papier buvard dont elle se servait à l'école. Son haleine, chargée par l'angoisse qui l'envahissait maintenant totalement, puait, les battements de son cœur affolé remontaient jusque dans ses oreilles, pas seulement parce qu'elle croyait de toutes ses forces ce que Madeleine l'avait menacée de faire, mais parce que l'absence de mouvement dans la maison était anormale et elle le sentait jusque dans la moelle de ses os. Certes, sa « granny » était (supposée) malade et alitée, — elle n'était pas allée au temple comme d'ordinaire et le fromager l'avait trouvée pâlotte la dernière fois au marché, avait-il dit à sa mère —, raison pour laquelle on l'avait envoyée à son chevet pour quelques jours avec du vin et de la galette, mais Esther pensait à autre chose qu'à un sommeil très lourd. Elle regarda Madeleine, comme un soldat soupesant les forces en présence sur un champ de bataille et tira sur la chevillette et la bobinette chût. Et dans le silence de la forêt, ce fut comme si une machine infernale s'était mise en branle. Elle allait entrer lorsque Madeleine la stoppa, son regard la dissuadant de faire la folle. Esther hocha la tête et pénétra dans le noir. Madeleine, derrière avec le bout de chandelle, éclaira une pièce plus vaste que ne le laissait supposer l'extérieur : un salon, avec une cheminée dans laquelle une marmite suspendue à une crémaillère fumait encore, en face, deux fauteuils en cretonne et des repose-pieds et de chaque côté, des petits guéridons en bois croulant sous des ouvrages en laines, des pelotes colorées et des aiguilles à tricoter. Sur les murs, des étagères pleines de livres et de la vaisselle dépareillée et dans le coin opposé à la cheminée, une table ronde et deux chaises. Derrière, séparée du salon par un meuble qui ressemblait à un garde-manger, une pièce étroite dans laquelle la grand-mère devait cuisiner et probablement était elle sombre même lorsque le soleil entrait à flots de ce côté-ci de la maison, car l'unique ouverture était petite et encombrée de pots de philodendrons et de misères. Jodie, arrivée derrière, pensa qu'elle n'avait jamais vu plus adorable que cette pièce. Cela devait être bien agréable de s'asseoir dans la journée dans un de ces fauteuils, et de tricoter ou de coudre dans la lumière du soleil qui, filtrée par les jolis rideaux brodés, devait baigner la pièce d'une atmosphère douce et comme suspendue dans le temps. Esther montra du doigt une porte au fond et fit signe à Madeleine qu'elle voulait aller voir. Madeleine y consentit en hochant la tête et posa son baluchon, imitée par sa sœur. Elles regardèrent autour d'elles.

Esther passa la tête dans l'entrebâillement de la porte et une méchante odeur lui frappa le visage : le pot sous le lit devait être plein. La lumière de la lune éclairait faiblement la pièce et le lit, qui disparaissait sous un épais édredon de plumes, faisait comme une petite montagne. Elle avança dans la pièce et scruta intensément la couverture pour voir si elle montait et descendait sous l'effet d'une respiration, mais elle ne vit rien. Elle allait s'approcher plus avant quand la petite montagne se souleva très distinctement puis redescendit, suivit d'un ronflement sonore. Rassurée, Esther referma doucement la porte et pendant un affreux moment, elle pensa à la remise attenante à la chambre, là où sa grand-mère cultivait les pousses de ses légumes qu'elle replantait ensuite à la belle saison ; au-dessus de la table où elle posait ses boutures, il y avait une fenêtre, petite, mais par laquelle elle pourrait se glisser sans peine. Elle avait déjà la main sur la poignée en fer quand elle repensa à Madeleine et leur rencontre dans le bois. Depuis toujours, il lui était défendu de quitter le sentier, mais Esther n'en n'avait jamais fait qu'à sa tête de pioche et sa grand-mère qui en était folle, ne disait jamais rien des fleurs, des baies qu'elle cueillait pour elle tout le temps et qu'elle savait provenir hors du chemin. D'ordinaire, Esther ne s'éloignait jamais assez pour le perdre de vue, mais cette fois – ci, elle s'était enfoncée loin dans le sous-bois, hypnotisée par les parterres de fraises, plus beaux à mesure qu'elle avançait sous les arbres. Et lorsqu'elle s'était rendu compte de son erreur, Madeleine se tenait debout devant elle et il sembla à Esther qu'elle était là depuis un moment. Comme Madeleine restait plantée comme un piquet sans rien dire, Esther s'était levée et lui avait fait un petit signe de la main, mais Madeleine n'avait pas réagi ou plutôt si… elle avait souri… et maintenant qu'elle y repensait, c'était un sourire de renard, celui des fables, qui crève la dalle et qui est prêt à tout. La voyant sans plus de réactions, Esther avait pensé qu'elle était une de ses jeunes filles simplettes comme il y en avait quelques-unes dans le village et décida qu'il était temps de retrouver le sentier. Elle partait lorsque Madeleine se mit à avancer dans sa direction. À cet instant, Esther pensa courir, mais elle réfléchissait beaucoup trop d'une manière générale et réagir par instinct était presque contre-nature pour elle ; comme crier, elle ne criait pas, – raison pour laquelle les garçons n'essayaient jamais de l'attraper dans leurs jeux, elle était aussi excitante qu'une bûche de bois – et lorsque la fille l'attrapa durement par le bras, elle n'émit qu'une sorte de hoquet étranglé. Ce n'est qu'après, lorsque Madeleine sortit son couteau, que ses cordes vocales trouvèrent leur pleine expression. Cette fille était cinglée et Esther ne se pardonnerait jamais de laisser sa grand-mère seule à sa merci.

Elle retourna dans le salon. Madeleine avait ranimé le feu sous la marmite noire et Jodie dormait, affalée dans l'un des fauteuils. D'un signe du menton, Madeleine engagea Esther à s'asseoir à côté d'elle, sur un des repose-pieds en bois.

Elles restèrent ainsi sans rien dire. Esther jetait des coups d'œil anxieux à Madeleine qui contemplait les flammes, le regard sombre et dur comme l'intérieur d'une grotte en pierre. Dehors, les bruits de la nuit avaient pris possession de la forêt : le cri des chouettes, les pattes des petits animaux dans les feuilles, le craquement des branches sous le vent et dans le lointain, le hurlement d'un loup... Depuis petite, Madeleine entendait dire de tout sur la forêt : qu'on n'avait rien à y craindre, ou si, mais pas le jour — et tant qu'on suivait le sentier —, que si on s'écartait du chemin ou qu'on s'y attardait la nuit, les arbres se mettaient en cercle pour attaquer les voyageurs et que d'étranges maisons avec des volets comme des yeux vous accueillaient pour ne plus vous laisser repartir. D'autres racontaient que des loups de la taille d'une armoire et se dressant sur leurs deux pattes arrière chassaient dès les derniers rayons du soleil éclipsés, certains voyageurs exhibaient même — moyennant un godet à boire —, des traces de morsures à la jambe ou au bras, mais qui, d'après ce qu'elle savait, pouvaient bien être celles d'un molosse. D'autres histoires circulaient, mais qu'on ne racontait pas aux enfants, qu'on se racontait entre adultes, le regard embué par l'alcool et les souvenirs du vent mauvais et qui parlaient d'anges, ces enfants qui hantaient le bois et attiraient les voyageurs hors du sentier avec leurs pleurs. Les gens laissaient leur cheval, leurs bagages sur le sentier et s'enfonçaient sous les arbres pour chercher d'où provenaient les sanglots ; là ils trouvaient, au pied d'un chêne ou d'un marronnier, des enfants nus, roulés en boule comme des cloportes. Lorsque les adultes se penchaient sur eux, leurs ombres aussi grandes que des montagnes, mais la mine attendrie, étalant sur leur petit corps transi de froid et de peur leur propre manteau, ils cessaient de pleurer et se mettaient à sourire et cela ressemblait à l'éclat de la rosée après la nuit noire. Lorsqu'ils étaient réchauffés, le manteau glissait de leurs épaules graciles et ils tendaient leur petite menotte crasseuse aux voyageurs qui les suivaient dans le dédale du bois, sans réaliser qu'à la fin, plus aucune lumière ne perçait l'obscurité. Puis, au fond de cette forêt qui les abritait depuis des temps infinis, les enfants s'arrêtaient et les voyageurs prenaient enfin conscience du silence et du noir ; alors ils ne ressemblaient plus à des montagnes, ils ne ressemblaient plus à des adultes, mais à des chiffes molles, en proie à des peurs enfantines. Les rares qu'on avait retrouvés en vie errant sous les arbres affichaient un visage déformé par la terreur et de l'urine avaient souillé leur jupe ou leur pantalon. Mais la plupart du temps, on ne retrouvait d'eux que des morceaux, des sortes de rôtis rouges informes aux extrémités rongées… Une fois, on raconte même qu'on y avait trouvé — fichée dans ce qui avait été peut-être jadis un bras —, une petite dent, une dent de devant, de celle qui servent à déchirer la chair, toute blanche… une dent de lait. Les anges hantaient la forêt et attaquaient les gens. Madeleine n'y avait jamais cru, elle n'y croyait toujours pas, c'était des histoires pour se faire peur, assis près de la cheminée tandis que le vent souffle sinistrement au-dehors. La magie n'existait pas, pas plus que les pierres précieuses au fond des rivières des Terres de Maraval comme elle l'avait fait croire à cette pauvre pomme de Jodie. Malgré tout, les loups et les sangliers, eux, existaient bel et bien et ils ne devaient guère s'embarrasser des limites d'un sentier pour s'attaquer aux gens et Madeleine finit par se dire que cette rencontre avec la gamine était une aubaine, à tous points de vue… Elle n'avait pas d'idée précise quant à la suite des événements, mais tout le monde saurait ce qu'elle avait fait pour venger la mort de sa mère. Quels rôles allaient jouer la mère-grand et la fille dans sa grande pièce de la vengeance, elle ne le savait pas encore, mais il y aurait des répliques pour tout le monde.

— Je suis désolée pour ta maman.

Esther la tira de ses pensées et Madeleine se tourna vers elle. Des croissants mauves s'étalaient sous ses yeux bruns et lui donnaient l'air d'une morte au fond de sa tombe. Elle ne ressemblait déjà plus à la gamine qu'elle avait surprise au milieu des fraises deux heures auparavant.

— T'as pas écouté l'histoire ? C'était une vieille carne avec la main leste et qui me faisait payer cher le fait que le gars qui l'avait sautée lui avait laissé un petit cadeau en forme de moi.

— Alors, pourquoi te venger, si elle t'importait peu ?

Madeleine secoua la tête.

— Et moi qui pensais que tu étais maline…

Elle se pencha en avant, les coudes sur ses genoux et regarda Esther droit dans les yeux :

— Ma mère était une vache, une salope, mais elle ne méritait pas une telle mort. Elle est morte parce on a considéré qu'elle n'était rien, comme mon géniteur, celui de Jodie et le village tout entier. Les hommes qui l'ont nettoyée savaient ce qui s'était passé et de deux choses l'une : soit ils connaissaient le coupable et n'ont rien dit pour le protéger, soit ils ne savaient pas, mais ont décidé de ne rien faire. Dans tous les cas, ils ont décidé qu'elle n'en valait pas la peine.

Elle se recala dans le fauteuil et croisa les bras d'un air boudeur comme si elle faisait un caprice.

— J'exige réparation.

Esther tourna son visage vers le feu qui léchait le cul de la marmite pour lui poser la question :

— Et tu vas faire quoi de moi ?

Madeleine ne répondit pas. Dans la chambre, il y eut du bruit. Les deux filles tournèrent la tête en direction du couloir, et attendirent que la grand-mère débarque dans le salon, mais le mouvement s'interrompit et bientôt seul le bruit du bois claquant dans la cheminée résonna de nouveau dans la maison. Madeleine se leva :

— Je ne sais pas encore. Ce que je sais, c'est que je crève la dalle.

Esther prit des assiettes sur les étagères et alla jusqu'à la marmite. Un ragoût y mijotait, ce qui était étonnant, car sa grand-mère n'aimait guère préparer ce genre de plat. Elle préférait confectionner des tartes. Au milieu de la viande, des branches de thym et de laurier nageaient dans une sauce épaisse marron, des morceaux de carottes et des haricots blancs. À l'odeur, Esther pensa que c'était du mouton. Elle servit une portion généreuse à Madeleine et se contenta pour elle d'une cuillérée de ce qui ressemblait le plus à des légumes. Elle déposa les assiettes sur la table ronde et farfouilla le garde – manger pour trouver du pain. Elle mit du temps à trouver des couverts propres. Dans une bassine, des ustensiles de cuisine – couteaux, fourchettes à trois dents, hachoir – étaient figés dans un jus répugnant recouvert d'une pellicule grasse et des traces de sang mal essuyées maculaient la table en bois. Elle imaginait avec horreur à quel point sa grand-mère, d'ordinaire si soigneuse, devait être diminuée pour avoir laissé la pièce dans un tel état. Il était clair qu'elle ne pouvait plus rester seule dans cette maison. Elle s'obstinait depuis bien trop longtemps déjà, mais demain, si elles réchappaient à cette salope vicieuse, Esther la ramènerait au village dans leur maison et l'installerait dans sa chambre, comme avant, peu importe ce que diraient ses parents, peu importe ce que dirait son père.

Esther joignit les mains par pur réflexe. Table, assiette, repas... bénédicité. Lorsqu'elle rouvrit les yeux, Madeleine la regardait d'un air narquois.

– T'as prié pour quoi ?

Madeleine avalait les portions comme si mâcher prenait trop de temps. Esther haussa les épaules, elle avait eu son lot d'humiliation et de terreur, elle avait décidé d'arrêter les frais.

– T'as prié ton Dieu pour qu'il vienne à ton secours ?

La sauce luisait sur ses lèvres et quand elle sourit largement, des morceaux indéfinis plâtraient ses dents. Esther resta muette, mais ne baissa ni les épaules ni les yeux. Madeleine grogna :

– Il n'y a pas de Dieu ici, pas de pardon ni de miséricorde. Il n'y a que la justice des hommes.

Elle tendit la main vers son verre, mais il était vide.

– Y a pas d'eau ?

Esther fit mine de se lever, mais Madeleine l'arrêta d'un geste.

– Dis-moi où c'est.

Elle se leva.

— Pour l'eau, il faut aller au puits derrière, sinon elle garde du vin dans une cruche, à côté du garde-manger.

Dans le fauteuil, Jodie émergeait.

— Où vas-tu ?

Madeleine revenait avec la cruche. Esther s'était levée, elle désigna Jodie qui s'était mise en boule dans le fauteuil, les bras entre ses jambes :

— Elle a froid, je vais lui chercher une couverture.

— Reste à table. Dis-lui où c'est, elle ira chercher.

Jodie regarda sa sœur d'un air furieux.

— Bouge-toi, Jodie. Et toi, dit-elle en se tournant vers Esther, tu t'asseois et tu manges.

Esther se rassit et se tourna vers Jodie :

— Dans la chambre, à droite, sur le fauteuil près de la fenêtre.

Elle hésita, puis se lança :

— N'effraie pas ma grand-mère… s'il te plaît…

Jodie la fixa d'un air vide, regarda sa sœur puis partit dans la chambre.

— Qui sait que tu es ici ?

Madeleine avait repoussé son assiette et posé ses coudes sur la table. Esther pensa que ça y était, on entrait dans le vif du sujet.

— Mes parents.

— Ils ne t'attendent pas avant combien de jours ?

Esther tiqua sur le dernier mot, elle n'avait pas dit « avant quelle heure ni avant combien de temps ? », elle avait dit « avant combien de jours ? » Elle tenta le coup :

— Demain, dans la soirée au plus tard. Nous sommes attendus à Groverset pour un baptême le lendemain.

Elle eut une illumination :

— Mon père est le parrain.

Madeleine s'adossa à la chaise, croisa les bras et la fixa sans rien dire. Elle avait l'air plus bonhomme que la plupart des gars qui travaillaient pour son père. Gênée, Esther entreprit de manger. Les légumes étaient froids, imbibés d'eau et la sauce avait figé. Le goût était immonde, un arrière-goût de racine terreuse et de viande qui aurait tourné et malgré qu'elle avait trié dans la marmite, elle était tombée sur un morceau dur, du cartilage qu'elle recracha dans sa paume. Madeleine se servit un verre de vin. Dans la chambre, il eut du bruit, comme des meubles qu'on pousse et qu'on tire, mais Esther n'y prit pas garde, trop occupée à examiner de plus près ce qui se trouvait dans sa main : c'était plus dur que du cartilage et d'une couleur blanc sale. Elle lâcha le morceau qui tinta dans l'assiette en terre cuite. Quand elle comprit ce que c'était, ses yeux s'écarquillèrent comme s'ils voulaient fuir son visage : elle regarda Madeleine et s'il restait des couleurs à ses joues, elles furent aspirées par cette vision d'horreur : Madeleine, les lèvres pleines de sang, retroussées de dégoût, fixait son verre. Elle avait l'air d'une louve qui aurait égorgé un agneau. Elle leva les yeux vers Esther :

— C'est pas du vin…

Esther regarda Madeleine :

— C'est pas du cartilage.

Soudain, la cuisine répugnante, l'odeur de merde dans la chambre et le silence de caveau de la maison prirent un autre sens pour Esther. Les yeux agrandis par une terreur glacée, elle mit ses deux mains sur la bouche et appuya de toutes ses forces. Madeleine avait blêmi, sa tignasse brune et ses lèvres rouges lui donnaient l'air d'une folle. Dans la chambre, il n'y avait plus un bruit. Madeleine porta son doigt à ses lèvres et se leva en silence, elle passa derrière le garde-manger et fouilla la cuisine. Elle prit un long couteau qui baignait dans la bassine et se dirigea comme un serpent vers le couloir. Des larmes coulaient silencieusement sur les joues d'Esther et ses mains, toujours pressées sur la bouche. À l'entrée du couloir, Madeleine se figea : un grognement profond, venu de la gorge et des entrailles d'une bête sauvage, résonna. Esther, qui l'entendit depuis la table se mit à trembler. Madeleine lui fit signe de fuir, mais la fillette avait fermé les yeux, immobilisée par la terreur. Dans le couloir, le grognement mua en bruits mouillés, comme un sanglier qui fouisse dans de la terre détrempée. Madeleine n'avait jamais eu aussi peur de sa vie, pas depuis qu'à treize ans les frères Grimm l'avaient emmené s'amuser avec eux et un Berger allemand, et elle savait que sa paralysie et son indécision tuaient sa sœur, aussi sûrement que si elle l'avait menée elle-même à l'autel pour le sacrifice ; cependant, rien ne la décidait à avancer plus avant dans le couloir, ses pieds semblant pris dans de la boue collante, son cœur sur le point d'exploser littéralement.

Elle avait décidé de faire demi-tour et de fuir dans les bois, mais Esther lui barrait le couloir. La fillette était livide, mais ces grands yeux sombres déterminés : elle tenait un fusil à silex dans sa main.

— Écarte-toi, dit-elle silencieusement.

Elle ne ressemblait plus à la gamine de riche toujours bien mise, vêtue de cette adorable cape rouge voyante, des rubans de soie dans sa coiffure sur laquelle tout le monde se retournait dans le village, non plus qu'à la fillette que Madeleine avait martyrisée et attachée à un arbre, elle ressemblait à un petit soldat sur le pied de guerre, en campagne contre les armées napoléoniennes.

— Écarte-toi. Je vais tuer ce fils de pute.

Madeleine voulut la sortir hors du couloir, mais Esther résista pendant quelques secondes de combat silencieux et la repoussa dans le fond, près de la porte.

— Il a tué ma grand-mère et l'a découpée dans la cuisine et tu l'as bouffée sans presque mâcher, espèce de connasse alors maintenant tu pousses ton gros cul et tu me laisses lui faire la peau

Elle avait parlé entre ses dents, les mâchoires serrées, sa peau luisant faiblement dans la pénombre comme une luciole à bout de souffle. Madeleine était partagée entre sa peur et sa dignité, mais elle savait qu'elle ne supporterait pas la supériorité tranquille d'Esther — morte ou vivante —, surtout pas après la pantomime qu'elle avait faite sur sa mère. Elle hocha la tête et se tourna vers la porte derrière laquelle plus personne ou plus rien ne semblait s'activer. Elle se plaça devant Esther, le couteau levé au-dessus de la tête, l'autre main sur la poignée.

Elle tremblait si violemment qu'elle eut peur que le couteau tombe. Elle raffermit sa prise sur le manche poisseux de sueur et eut une pensée pour cette gourde de Jodie qui, elle l'espérait, était morte comme elle avait vécu, dans un état d'abrutissement total. Puis elle regarda Esther qui avait l'air d'un spectre et lui fit un signe de la tête, le visage enfin tendu par la détermination. Elle n'était pas une sorcière : elle était pire.

La porte s'ouvrit dans un grincement épouvantablement long et sonore ; dans la pièce, la lumière de la lune dessinait des formes indistinctes et effrayantes, mais aucune ne bougeait. Madeleine avança dans la chambre, une odeur infecte lui prit le nez, mélange de merde et de sang et derrière, un relent aigre et long qui lui rappela les hommes qui gardaient les chèvres l'été. La pièce était assez petite et au centre trônait un lit avec une tête de lit impressionnante, ventru par ce qui ressemblait à un énorme édredon de plumes. Madeleine s'approcha à pas lents ; derrière, des rideaux blancs voletaient légèrement à l'intérieur par la fenêtre ouverte, comme agités par des mains invisibles. Elle abaissa le bras et se tourna vers Esther :

— Il est parti… souffla-t-elle.

Esther regarda autour d'elle, elle connaissait la chambre et les endroits possibles où se cacher : entre l'énorme armoire et le mur, entre la commode et le coin de la pièce, sous le lit… Il pouvait ne pas s'être enfui. Elle scruta le noir et soudain, derrière Madeleine, la forme de l'édredon se mit à grandir ; elle écarquilla les yeux, alertant Madeleine qui fit volte-face. Un homme, grand, se tenait contre la table de chevet. Sa silhouette massive et effroyablement déformée se détachait à présent à contre-jour sur le mur percé par la fenêtre. Les deux filles l'entendaient haleter, non pas comme quelqu'un qui aurait trop couru ou un pervers, le membre sorti de son pantalon attendant des jeunes filles au détour d'une allée sombre, mais comme un chien qui crève de soif. Il bougea dans le noir et son épaule sembla se détacher de son cou. Il y eut un bruit sourd, comme une masse qui atterrit lourdement sur le plancher, puis il avança très rapidement, aussi vite qu'un insecte sur un mur, et stoppa au pied du lit. La lune éclaira un bref instant son visage, mais ce que les filles eurent le temps de voir les firent se reculer précipitamment : une langue étroite et rouge pendait jusqu'à la base du cou dans une figure livide au bas maculé de sang, ses yeux, couleur de miel, ronds comme des billes, les regardaient sans aucune expression. Elles s'étaient rencognées contre la porte ; Madeleine avait placé son bras devant Esther pour la tenir derrière elle. L'homme avança encore dans la lumière, elles le voyaient entièrement à présent : nu, son corps, blanc comme du lait caillé, laissait voir des côtes saillantes et des jambes maigres ; des poils très noirs – rendant la pâleur de sa peau plus maladive encore – poussaient dans le creux de sa poitrine et autour de sa tige qu'il avait mince et longue comme une branche de saule ; des cheveux sales et longs jusqu'aux épaules encadraient son visage étroit. Il ressemblait à l'un de ces vagabonds qui s'arrêtaient au village et que le père d'Esther chassait en lançant ses chiens de chasse sur eux. En voyant le sang, Madeleine réalisa soudain que sa famille avait été décimée en moins de deux jours, martyrisée et éliminée par des membres de la glorieuse confrérie de ceux qui en ont une entre les jambes et celui qui se tenait devant elles ne semblait pas différent des hommes qu'elle avait connus : peu importait qu'il vienne de la magie de la forêt, c'était une bête asservie par ses instincts qui s'en prenait – une fois de plus – aux femmes et aux plus vulnérables d'entre elles. Mais elle n'avait plus neuf ans et elle pensait dur comme fer que tout ce qui était inutile et dépassait devait être coupé.

L'homme grimpa sur le lit, se ramassa sur lui-même et soudain, Esther pensa à sa mère. Sa langue pendait de nouveau d'une manière blasphématoire, mais le plus effrayant était ce regard, ces pupilles pâles cerclées noir et or, qui donnaient l'impression de vide absolu, comme s'il voyait au travers d'elles. Madeleine sentit Esther trembler contre son bras et alors, plus que la vision du sang de Jodie sur le torse de l'homme ou le ragoût à la sauce mère-grand ou même l'insupportable vision de ces hommes en rond venus mettre sa mère dans un trou, ce fut cette poitrine de moineau tremblotante contre elle qui finit de balayer les derniers relents abjects de sa peur.

— Tue-le.

Elle s'écarta d'Esther et répéta, férocement :

— Tue-le.

Esther ne se le fit pas répéter une troisième fois, l'homme s'était redressé puis accroupi de nouveau comme pour s'élancer, sa langue balançant des gouttelettes scintillantes de salive jusque sur elles et tandis qu'elle épaulait le lourd fusil de son aïeul, la jeune fille pensa de nouveau à sa mère et elle sut pourquoi : sa mère portait une chemise de nuit qu'elle avait toujours détestée, faite dans une étoffe soyeuse presque liquide, et l'homme se coulait dans l'espace de cette même façon qu'avait le tissu de le faire et elle trouva ça insupportable à regarder. Elle ne se donna pas le temps de viser — il était bien trop près — mais s'assura qu'avec le recul, son bras ne parte pas violemment dans la porte derrière et s'écarta un peu du mur. C'était un fusil Dreyse qui avait servi à faire la guerre aux Français puis après, à la mort de son propriétaire, avait chassé les renards venus renifler le poulailler. Si Esther avait connu son grand-père et si sa grand-mère avait été moins vieille et fatiguée (plus disciplinée, aurait dit un homme), elle serait probablement morte et Madeleine aussi. Mais elle n'avait jamais connu le vieil homme. Si cela avait été le cas, elle aurait su qu'on ôtait la culasse du fusil chaque fois qu'on cessait de s'en servir, ce qui permettait aussi de vider le chargeur et d'éviter tout accident de cartouche neuve ; elle n'aurait pas pu, non plus, mettre la main sur l'arme, ni les balles, car il aurait pris soin de les mettre sous clef, clef qu'il aurait portée sur lui, dans sa poche ou suspendue à un cordon de cuir à son cou. Au lieu de quoi, elle avait trouvé le fusil à la place que lui avait toujours donnée sa grand-mère depuis qu'elle vivait seule, à côté du tisonnier et à portée de quiconque se trouvait dans la maison. Esther avait rapidement déverrouillé la culasse puis elle avait mis la poudre qui se trouvait dans un pot à tabac sur le rebord de la cheminée, glissé une des cartouches neuves trouvées elles aussi dans un pot à côté et avait avancé dans le couloir dans l'intention de tuer. Si son grand-père consciencieux et prudent (sensé, aurait dit un homme) avait été encore vivant, elle n'aurait pas pu tirer sur l'homme-liquide, elle n'aurait pas vu un morceau de son épaule s'arracher littéralement de son bras, laissant à découvert un bout d'os blanc comme de la neige fraîche ; elle ne l'aurait pas fait fuir et Madeleine au lieu d'être blessée, serait morte déchiquetée. Mais sa grand-mère, qui n'avait été ni consciencieuse ni prudente (stupide, aurait dit un homme) avait appris à sa petite-fille à tirer et à laisser la culasse mobile enclenchée, et cela lui avait sauvé la vie.

L'homme avait fui par la fenêtre de la chambre pourtant petite et malgré sa blessure, il avait coulé de cette façon effrayante de chemise de nuit soyeuse, maculant de sang les côtés du chambranle puis avait disparu dans l'obscurité du bois. Esther était restée pétrifiée, le fusil ballant, et ce n'est qu'en entendant Madeleine gémir qu'elle sortit de sa stupeur. Écroulée contre le mur, du sang imbibant le devant de sa robe, elle avait rappelé à Esther la fois où au temple, entre les bancs, Ezel Hortmund avait perdu l'enfant qu'elle portait.

La fillette ne sut dire ce qui s'était passé, juste la vélocité presque surnaturelle de l'homme et soudain lui sur Madeleine et elle épaulant, sans même y réfléchir. Sa main avait cessé de trembler quand elle avait cessé de penser, quand son corps, déserté par la peur, avait été aussi creux que le canon dans lequel elle avait glissé une balle neuve.

Deux heures plus tard, l'aurore se levait, rose et jaune — deux couleurs qu'Esther détestait sauf quand la nature s'en servait —, et glissa dans les interstices des volets : le côté face de la Vie reprenait la main, c'était son tour. Esther avait veillé le reste de la nuit, le fusil chargé posé sur ses genoux. Après que l'homme avait fui, elle avait fermé tous les volets de la maison, amené Madeleine dans le salon et nettoyé sa plaie — une morsure au bras profonde et large comme un pouce — puis elle l'avait aidée à passer une robe qui appartenait à sa grand-mère. Ensuite, la fillette avait décroché la marmite de la crémaillère et l'avait posée dans un coin de la cuisine puis, pour finir, elle avait recouvert le corps mutilé de Jodie avec l'édredon. Attentive aux bruits du dehors et à la respiration de la jeune femme, elle avait attendu le matin en changeant le bandage de Madeleine régulièrement, jusqu'à ce que les fleurs de sang cessent de s'épanouir, tout ce temps, elle n'eut pas l'idée de pleurer ni de partir. À présent, elle regardait Madeleine dormir dans un des fauteuils, les couleurs sur ses joues réapparaissant comme pour sonner le retour du jour.

— Pourquoi t'es pas partie ?

Madeleine grimaça lorsqu'elle se carra un peu mieux dans le fauteuil. Elle avait bu de l'eau du puits et grignoté des pommes véreuses que lui avait rapportées Esther du verger et son pansement était neuf.

Esther rougit et haussa les épaules.

— Je ne voulais pas te laisser.

Madeleine la regarda fixement :

— J'avais l'intention de te faire du mal pour venger ma mère.

— Je sais, j'aurai fait pareil… peut-être.

Elle avait dit ça pour couper court à la conversation, mais elle savait bien que non, sa mère à elle était une truie hypocrite qui ne valait pas la peine qu'on lui porte son panier, qu'aucune personne de sa famille ne valait la peine de quoi que ce soit à part sa grand-mère qui n'était plus. À la pensée de son assiette restée sur la table, elle sentit son estomac se soulever.

— Je suis désolée pour ta grand-mère.

Esther regarda le sol et hocha vigoureusement la tête. Les yeux lui brûlaient.

— Je suis désolée pour Jodie.

— Ouais…

Madeleine regarda par la fenêtre, la journée promettait d'être belle et chaude.

— … On est désolées…

Lorsque Madeleine annonça qu'elle continuerait sa route pour les terres de Maraval et qu'Esther lui répondit qu'elle l'accompagnerait, elle ne chercha pas à l'en dissuader. Elle lui dit juste :

— Je ne retournerai pas au village, tu le sais ?

— Je sais.

— Si tu changes d'avis, tu devras rebrousser chemin seule.

Esther savait, elle était prête à cela. Elle avait toujours été prête.

Elles décidèrent de partir le lendemain, dès le lever du jour, pour atteindre Samuel bien avant que le soleil ne se couche. Samuel était un avant-poste de Maraval, située à plusieurs lieues au sud-ouest du village, au-delà de la forêt. Bordée par la chaîne de montagnes de Vert Chagrin au sud et par l'immense fleuve du Pergrom à l'est, elle prospérait dans l'artillerie, la pêche à l'anguille et l'élevage de porc noir. Ceux pour qui elle n'offrait pas assez de rêves à réaliser s'élançaient sur des bateaux, blancs et bois, pour rejoindre l'embouchure sur la mer, et plus loin les terres chaudes de Carlota. Les gens du village qui se rendaient à Samuel n'en revenaient généralement pas ou pas avant un moment, car le trajet durait un jour et demi à cheval, si on avait un cheval — et si on contournait la forêt — et personne ne la traversait jamais. Quant aux habitants de Samuel, ils venaient rarement au village, sinon jamais. On disait que sa proximité d'avec le bois les en dissuadait. Les gens de Samuel, des vieux surtout, pensaient que la forêt cachait quelque chose de sombre et qu'il y existait une ressemblance entre elle et le village : obscur, hors du temps, sauvage. Les gens disaient que passé la rivière qui délimitait le village au nord ou les champs de betteraves du père Carven à l'est, il fallait chausser des sabots et mettre un crucifix autour de son cou pour ne pas faire tache. Personne ne s'arrêtait au village, pas seulement à cause de la forêt, mais par peur de rester embourbé dans la crasse et l'ignorance, et le village se vidait chaque année un peu plus comme une cataracte remplie de pus. Il n'y avait bien eu que la mère d'Esther pour avoir fait le voyage sans envisager le retour : elle savait qu'à Samuel – ou partout ailleurs qu'au village –, on l'aurait à peine mieux considérée qu'une ramasseuse d'œufs. Mais elle pensait qu'il valait mieux être reine d'une soue que rien dans le reste du monde.

Elles creusèrent deux trous dans le jardin derrière la maison : un petit pour la grand-mère, un plus grand pour Jodie. Madeleine s'occupa de la marmite. Ensemble, elles mirent Jodie en terre, enveloppée dans l'édredon de plumes. Il n'y eut ni croix ni prière. Et aucune larme. Elles se barricadèrent ensuite pour la nuit et décidèrent de veiller à tour de rôle, assises devant la cheminée, le fusil sur les genoux. Esther avait montré à Madeleine comment le manipuler, mais son bras blessé ne lui permettait guère de dextérité. Au moins saurait-elle le faire fonctionner.

– Le jour se lève dans à peine deux heures… Tu devrais dormir.

Esther avait pris le premier tour de garde, mais ne parvenant pas à dormir, elle s'était levée. Elle s'assit dans le fauteuil face à Madeleine et s'emmitoufla dans sa couverture, le regard perdu dans les braises froides du foyer comme si un bon feu y flambait. Une chandelle brûlait sur le manteau de la cheminée, faisant danser des ombres sur son visage étroit, mais les cernes violets et la ride sur sa bouche tombante étaient bien réels. La veille, lorsqu'elle l'avait vue dans le bois, chantonnant affreusement au milieu des parterres de fleurs et de fraises, Madeleine lui avait donné onze-douze ans. À présent, elle paraissait sans âge, une vieille petite fille.

– Que crois-tu que c'était ?

Madeleine sursauta : comme pour donner raison à ses réflexions, la voix d'Esther était rauque et comme essoufflée, et dans la semi-pénombre, elle avait quelque chose de prophétiquement terrible. Madeleine la regarda droit dans les yeux, car elle pensait tout ce qu'elle allait dire :

— Je crois que c'était un homme et pas un loup-garou, si c'est la vraie question que tu me poses. Je crois que je ne vais pas me transformer à la pleine lune.

Esther ouvrit de grands yeux :

— Et sa langue ? Tu as vu sa langue ? Elle était longue et étroite comme celle d'un loup.

Madeleine resta silencieuse et reporta son regard sur la cheminée froide. Dehors, la forêt s'était tue aussi et c'était plus terrifiant que les bruits.

— Un jour, je suis allée à Samuel avec ma mère et ma sœur dans la carriole du bedeau.

Madeleine ricana sans joie

— Je pense qu'elle a payé cher le voyage… Ma mère voulait rendre visite à sa sœur qui travaillait dans une auberge et qui venait d'avoir un bébé. Elle habitait un taudis à peine moins sordide que notre chaumière, mais au moins à la campagne avons-nous la chance de pouvoir aller chier ailleurs que devant notre porte, n'est-ce pas ? À côté de chez elle, vivaient une femme et ses enfants — je ne sais pas combien elle en avait — et parmi eux, il y avait une fille, d'à peu près ton âge ou peut-être plus jeune. Elle avait une deuxième tête de plantée dans le cou, plus petite, comme celle d'une poupée, mais avec des cheveux de bébé, un nez, une bouche et des yeux — clos —. Elle parlait et mangeait et courait et jouait avec les autres enfants, comme n'importe quelle gamine. Elle avait juste cette étrange tête de poupée sur son cou qui avait l'air de dormir. Sauf qu'un jour, tandis que nous jouions dans l'arrière-cour à nous attraper, j'ai vu les yeux s'ouvrir en grand, des yeux blancs de poisson mort. J'ai eu tellement peur que je me suis pissé dessus et ma mère m'a mis une raclée. Quelquefois, j'en fais encore des cauchemars. Dans la carriole du retour, Jodie a posé des questions, celles que je n'avais pas osé poser et ma mère a parlé de certains enfants qui naissaient sans jambes, coupés au niveau des entrailles comme s'ils n'étaient pas finis et qui mourraient avant d'avoir poussé leur premier cri. Des enfants sans bras, sans main. Elle nous a parlé de cet homme qui vivait dans son village quand elle était petite, un homme qui avait un troisième bras qui lui avait poussé dans le dos et qui était aussi inerte qu'une jambe de bois. Il le cachait sous un manteau, faisant croire aux gens qu'il était bossu et demandait de l'argent à tous ceux qui voulaient caresser sa « bosse », mais un jour, lors d'une bagarre, son manteau fut arraché et tout le monde vit qu'au lieu d'une bosse, c'était un bras qu'il camouflait. Ma mère nous dit qu'il avait l'air d'un putain de faucheux géant. Les gens l'ont lapidé sur la grand-place et quand il ne bougea plus, on le laissa à terre. Son bras, nous a dit ma mère, tendait vers le ciel comme l'antenne d'un insecte.

Madeleine se leva pour allumer une autre chandelle et revint s'asseoir en grimaçant : son bras la lançait. Esther attendit la suite. Madeleine la regarda et soupira :

— Tout ça pour te dire que certains monstres sont des humains — malades — mais des humains et que cela n'a rien de magique. Les hommes-loups n'existent pas, non plus que les sorcières et les Anges. Le seul maléfice qui règne dans ce bois est celui de ne pas être entretenu et d'y laisser proliférer les loups et les sangliers. D'ailleurs, si tu crois à la magie de la forêt, pourquoi t'y promènes-tu ?

Esther reporta son regard sur le foyer de la cheminée.

— Je n'y croyais pas jusqu'à aujourd'hui. Et mes parents non plus… sinon ils ne m'auraient jamais laissé y aller…

La fillette marqua un temps où elle sembla réfléchir douloureusement.

— …Enfin, je crois… Ils m'ont juste interdit de quitter le sentier. Ma grand-mère y a vécu des années — pas mon grand-père — et rien ne lui était jamais arrivé auparavant…

— Pourquoi ton grand-père n'y a jamais vécu ?

Esther bougea dans son fauteuil.

— Eh bien, ce n'est qu'après sa mort que grand-mère est venue s'installer là. C'était une cabane de chasse qui appartenait à ma famille depuis longtemps et que mon père a réaménagée entièrement pour elle. J'avais six ans quand elle est partie de la maison.

Madeleine ricana :

— Putain, il a foutu sa mère dehors !

Esther s'arrêta, interdite, comme si soudain, elle semblait envisager les choses différemment.

— Grand-mère ne voulait pas s'imposer, avança-t-elle prudemment.

Le regard de Madeleine se fit plus aigu.

— Ah oui ! Du coup, quand son mari est mort, elle s'est dit qu'elle aimerait bien quitter la grande maison confortable qu'elle habitait depuis son mariage, pour finir ses vieux jours dans une cabane seule dans les bois... des bois où personne ne va, car on les dit hantés...

Esther cligna des yeux, muette. Elle avait presque toujours connu sa grand-mère dans cette cabane, croyant — voulant croire — que c'était un vœu fervent de sa part d'être là... Comme si se mouvoir avec difficulté, cultiver son potager minuscule et chiche en légumes, ramasser ses œufs en prenant garde à sa hanche fragile et aux renards alentour, se barricader à peine le soleil descendu, était tout ce qu'elle avait jamais voulu pour le restant de ses jours. Quant aux rumeurs sur le fait que le bois était hanté, la fillette n'en avait guère entendu parler, sinon des réflexions de gosses pour lesquelles elle n'avait eu que mépris. En réalité, Esther avait fini par penser que si elle ne croisait jamais personne dans ces bois, c'est qu'ils appartenaient à sa famille et que quiconque les pénétrait devait posséder une autorisation ; mais ils n'étaient la propriété de personne et la vérité était que ses parents y avaient abandonné sa grand-mère. Une boule bloquait sa gorge : « Est-ce que ses parents le savaient ? Est-ce qu'ils savaient que les bois étaient dangereux ? Si oui, était-ce exprès qu'ils y avaient installé sa grand-mère ? Et elle ? Pouvaient-ils l'avoir laissée aller et venir sans avoir craint pour sa vie ? » Elle cherchait dans sa tête des preuves que non, ils ne savaient pas, des souvenirs qui faisaient la démonstration implacable de leur bienveillance, de leur amour pour elles... Esther sentit la boule grossir et tandis qu'elle regardait Madeleine remuer distraitement les cendres froides du bout du pied, la seule image qui lui revenait sans cesse de cette période était la première fois où il vint la voir... C'était un soir, peu après que sa grand-mère fut partie ; il avait commencé par la serrer très fort pour célébrer cette chambre qui n'était « qu'à elle seule à présent, une chambre de grande fille, SA grande fille de cinq ans » et puis après, il avait joué avec ses cheveux, avec ses doigts et puis après... Elle se mit à respirer bruyamment et Madeleine leva la tête vers elle. Elle n'avait pas six ans quand sa grand-mère s'était fait chasser — à présent, il n'y avait pas d'autres mots, si tant est qu'il y en avait eu avant qui convenait — de la maison qui avait été la sienne durant quarante ans, elle en avait cinq. Depuis lors, elles étaient restées toutes les deux seules, chacune dans les ténèbres de son bois intime, et un loup avait guetté. Elle écarquilla les yeux et regarda Madeleine avec une angoisse indicible :

— Le soir, il vient dans mon lit et je crois que c'est pour ça que ma mère me déteste.

Elles partirent à peine le soleil levé, les poches et les sacs pleins de noix et de pommes âpres. Esther prit tout l'argent qu'elle trouva et que sa grand-mère avait l'habitude de cacher dans les recoins de la maison comme un foutu écureuil, et le fusil auquel elle avait ajouté une bandoulière en corde. Mais elle avait laissé sa cape rouge et ses rubans sur le fauteuil près de la cheminée et le geste, plus décisif encore que suivre Madeleine à Maraval, lui avait ôté un poids que son jeune âge liait à son père et sa mère comme une laisse en fil barbelé et, d'une manière plus obscure, au village, et la façon dont les rôles avaient été distribués à chacun, par tous, y compris par elle. Avec sa complicité, pensait-elle rageusement. Ce qui était faux, bien sûr et un jour, elle le comprendrait. Aujourd'hui, elle partait pour un endroit où elle ne se laisserait plus assigner par quiconque, elle serait comme Madeleine, impitoyable et sauvage. Elle avait ça en elle.

En fin de matinée, le soleil était parvenu à pénétrer l'épaisse frondaison et tapait sur le sentier blanc et le crâne des filles qui marchaient en silence, accablées par leur propre chemin intérieur. Madeleine souffrait de la morsure à son bras et sous le bandage qu'Esther l'avait aidé à changer, la plaie avait viré au jaunâtre. Elle se sentait fébrile et nauséeuse, et craignait d'avoir le sang empoisonné. Par une infection, pensa-t-elle, pas une malédiction... Elle ne cessait de cligner des paupières pour chasser la sueur qui lui brûlait les yeux et cela la fatiguait bien plus que la longue marche serpentant entre les arbres. En début d'après-midi, il leur sembla être déjà passées devant un gros chêne et la possibilité d'être perdues pesait de plus en plus sur leurs têtes déjà courbées. Le jour tombait lorsque le doute ne fut plus permis et elles décidèrent de dormir sur le sentier, à peu près certaines qu'aucune carriole, qu'aucun cheval ne le traverserait cette nuit-là. Car certaines, chacune en son for intérieur, que personne ne le traversait jamais.

Accroupi devant un trou creusé dans ce qui ressemblait à une énorme motte de terre, il la regardait fixement de ces yeux rapprochés et ronds comme des anneaux. Madeleine pouvait voir à présent qu'il avait l'air d'un loup. Soudain, autour d'eux, des voix hurlèrent à la lune, comme dans le jeu. Il leva la tête, l'air inquiet, huma l'air noir, des éclats de lune se reflétant dans ses yeux brillants, et déroula une langue rouge presque jusqu'au sol. La jeune femme recula, ses pieds nus glissèrent sur des limaces et des feuilles mouillées et elle dut se rattraper aux branches basses d'un arbre. Elle gardait les yeux fixés sur lui, mais il ne bougeait pas d'un pouce, il aurait même pu ressembler à une statue si sa gueule n'exhalait pas une vapeur épaisse qui se détachait sur le fond noir de la nuit. Puis il la fixa et gémit, un jet d'urine nauséabond et brûlant fusa entre ses cuisses, lui rappelant ce chat qu'elle avait martyrisé quand elle était petite.

Ce n'est pas elle qu'il regardait, mais les enfants derrière elle, des enfants nus et crasseux qui se tenaient debout en demi-cercle. Les Anges. Les enfants qui attiraient les voyageurs et les dévoraient. Madeleine se mit à trembler. Une gamine — qui aurait pu être un gamin si ce n'était la fente à peine visible et comme faite au ciseau entre ses cuisses — se détacha du groupe et se mit à arpenter l'assemblée immobile et silencieuse, un doigt sur les lèvres comme si elle réfléchissait, ses jambes maigres et hautes la faisant ressembler à un héron galonné revoyant ses troupes. Elle s'arrêta devant une petite fille de cinq-six ans, au ventre en avant et qui suçait son pouce. Elle se pencha sur elle, la main sur sa cuisse de grenouille, l'autre servant de paravent à ce qu'elle lui murmurait dans l'oreille. La petite écouta, docile, sans expression. Puis la grande lui prit la main et elles se dirigèrent ensemble vers elle. Derrière, l'homme-loup se mit à gémir et à aller et venir devant le trou, les yeux fixés sur la fille aux jambes maigres qui ne le regardait pas. Madeleine attendait le couperet dans une terreur muette. Elle avait pensé qu'il viendrait de lui. Mais la mort — ou pire encore — viendrait d'eux, elle le savait à présent. La gamine aux jambes maigres s'approcha d'elle et lui tendit la main de la plus petite comme si c'était l'anse d'un panier. Elle la regarda droit dans les yeux et il n'y avait rien, si ce n'était une détermination absolue qui embuait son regard. Madeleine prit la menotte dans sa main, la tête aussi vide qu'une noix creuse et le contact fut abject, aussi blasphématoire que la langue du père d'Esther dans le trou de sa fille ; elle voulut se dégager, mais la petite serrait fort. Elle avait ôté le pouce de sa bouche et la jeune fille voyait à présent combien sa petite lèvre brillante de bave et qui pendait était rouge, comme une cerise gorgée de sucre et elle pensa que ce serait agréable de la sentir sur son corps, sur la pointe de son sein et elle se souvint de Jodie et de ces nuits dans la chaumière où elles attendaient que la vieille se soit endormie pour se glisser dans le lit l'une de l'autre. Elle se sentit molle et brûlante sous l'assaut d'un désir pour le petit corps incontrôlé, aussi sombre que la bouche de l'Enfer : les Anges de la forêt existaient et ils dévoraient le corps et l'âme des gens. Elle tomba à genoux, vaincue, et se mit à pleurer des larmes sans fin, provenant d'un puits sans fond. Et lorsque la petite lui essuya le visage avec son autre main, son petit ventre rebondi si près d'elle, et que les autres firent cercle autour d'elles, elle se mit à hurler et les enfants reprirent le chant du loup, triomphe et terreur communiant et montant au ciel noir de la nuit.

Des pleurs la firent se réveiller en sursaut. Des enfants nus et un homme-loup. C'était un rêve. Elle s'était assoupie sur le sentier. Elle se dirigeait vers les Terres de Maraval. Avec Jodie, sa sœur. Non, elle était morte, leur mère aussi… Elle y allait avec Esther, la gamine du maire. Elle se redressa : la lune, encore pleine, éclairait le chemin comme en plein jour ; elle regarda des deux côtés : les cailloux blancs et lumineux filaient entre les arbres, mais Esther n'était plus là. Ni le fusil. Les pleurs reprirent et ils venaient des bois, vers l'est, mais ce n'était pas Esther, c'était des pleurs d'enfant très jeune. Un nourrisson. Madeleine cligna des yeux et crut distinguer quelque chose entre les arbres. Elle se leva, hésita : peut-être pouvait-elle reprendre le chemin sans Esther, peut-être que les bois qui l'avaient prise étaient à présent satisfaits et repus et qu'ils la laisseraient repartir, elle seule, vers Maraval ? Son bras lui faisait mal, le jaune avait viré en un jus foncé et malodorant qui avait imbibé le pansement et elle vit que son corsage était collé à sa poitrine par la sueur. Elle réalisa qu'elle respirait vite et la tête lui tourna. Elle s'accroupit contre un arbre comme pour pisser et leva les yeux vers les étoiles. Par la bouche d'abord, puis par le nez, elle se mit à aspirer des goulées d'air noir. Quand sa respiration se calma, elle savait – mais elle l'avait su avant que Jodie ne soit mise en terre – qu'elle n'irait pas à Maraval. Jodie était la seule personne qui avait jamais compté et la lutte n'avait été que pour elle, depuis toujours, ce petit souriceau tremblant et aveugle, perpétuellement sorti du ventre de sa mère. Madeleine s'y était mal pris avec sa sœur : la vérité était qu'elle avait voulu la garder pour elle toute seule et maintenant qu'elle était morte – par sa faute –, elle décida qu'elle tiendrait ce qu'il faudrait pour Esther, mais pas plus longtemps.

Madeleine prit le hachoir qui baignait dans la bassine et qu'elle avait jugé bon d'emporter dans son baluchon, quitta le sentier et s'enfonça dans le bois ; le bébé pleurait toujours et même si elle n'y connaissait rien en marmots, elle savait reconnaître de la souffrance quand elle en entendait. Au – dessus d'elle, les nuages gris filaient contre la nuit, lui rappelant le souffle de l'homme-loup dans son rêve. S'il était encore vivant — le vrai, celui qui avait tué sa sœur — ce dont elle doutait, et s'il l'attendait quelque part dans les arbres, elle l'achèverait avec le hachoir dont il s'était servi pour découper la vieille.

À mesure qu'elle avançait, les pleurs diminuaient d'intensité, pour à la fin n'être plus que quelques reniflements entrecoupés de hoquets rauques. Derrière d'immenses chênes en rond, des formes semblaient en mouvements et lorsqu'elle pénétra le cercle de la clairière, elle s'attendit à se trouver face aux enfants libidineux de son rêve. C'était Esther, assise sur une grosse souche d'arbre, tout juste reconnaissable au fusil Dreyse lui barrant le dos. Elle semblait tenir un paquet de linge dans ses bras, et Madeleine revit sa mère partant au ruisseau, les bras encombrés des jupons sales et des bas en tissu fin de ces dames qui ne supportaient que les bains tièdes à la lavande. Le paquet d'Esther bougeait et hoquetait avec quelque chose d'effrayant. Pile au-dessus d'eux, la lune s'épanouissait, énorme et lumineuse, contre le ciel noir et brillant et cela semblait aussi faux que les décors peints du théâtre de marionnettes qui tournait dans les villages et que Jodie adorait. Tout avait l'air sorti d'un livre de contes, les arbres, la mousse qui courait partout dans la clairière, le clair de lune et la vieille bonne femme bossue au fichu coloré sur la tête qui avançait silencieusement dans le dos d'Esther. Madeleine voulut la prévenir, mais seul un filet de voix sortit de sa gorge et elle ne put qu'avancer à son tour, aussi vite que la douleur paralysante qui s'étendait à présent jusque dans le haut de son épaule le lui permettait. Elle parvint à rejoindre Esther la première, qui à sa vue, pleura presque de soulagement, mais la vieille continuait d'approcher, tranquillement, et de près, elle ne ressemblait à rien d'autre qu'une dame âgée, ni très bien mise, ni complétement repoussante et la bosse sur son dos n'était en réalité qu'un ballot de fagots. Elle avança vers Esther qui tint le paquet serré contre elle.

— Qu'est-ce qu'on a là ?

Elle tendit le cou pour mieux voir et Esther recula derrière Madeleine. La vieille sourit en montrant des dents gâtées :

— Il est à moi, tu sais ?

Elle hocha vigoureusement la tête pour appuyer ses dires.

— Si… on me les amène pour que je les garde. Regarde…

Elle avança des mains sèches aux ongles très longs et aussi noirs que de la poix. Madeleine voulut lui barrer la route, mais un étourdissement la faucha et elle tomba à genoux. La vieille n'y prêta pas attention et continua d'approcher, les doigts voletant en avant comme des rubans dans les cheveux les jours de fête. Esther se trouva incapable du moindre mouvement et lorsque les mains se posèrent sur la couverture pour en écarter les pans, elle laissa faire. Madeleine se releva tant bien que mal et s'assit sur la souche, épuisée. La vieille baissa la tête vers elle :

— Venez avec moi.

Elle prit le paquet des bras d'Esther et partit sans plus attendre. Esther ramassa le fusil, laissa le hachoir et aida Madeleine à se relever puis elles suivirent la vieille entre les arbres. La vieille marchait vite malgré le poids sur son dos et le bébé qui remuait et les filles derrière avaient du mal à suivre. Le chemin était tantôt dans l'obscurité, tantôt éclairé violemment par la lune selon que les arbres parvenaient jusqu'au ciel étoilé ou non. Madeleine trébuchait souvent et elle dut continuer la route, le bras passé autour du cou d'Esther. Elles parvinrent à une grande masure, si sombre qu'on en distinguait à peine les contours. Elle était faite de pierres et de chaume, avec quantité d'ouvertures et il semblait même qu'une tour en flanquait un côté. Avant d'entrer, la vieille se tourna vers elles :

— Si vous décidez d'entrer là, vous serez en sécurité, mais vous ne pourrez plus repartir.

Comme pour répondre, Madeleine s'écroula au sol et se mit à respirer de façon saccadée, la bouche ouverte comme un poisson à l'agonie. Esther se précipita vers elle et leva les yeux vers la vieille qui, devant la maison aux multiples yeux, ressemblait sans conteste à une sorcière.

— Mon amie est malade et le bois nous perd. Nous n'avons pas le choix.

La vieille la regarda et dans ses bras, le paquet commença à hurler. Elle sourit, comme si c'était la meilleure nouvelle de la journée.

— Je sais, dit-elle.

Et elle pénétra la grande maison sombre.

Elles installèrent Madeleine dans une pièce encombrée de paillasses malodorantes, mais sèches où la vieille lui fit boire une boisson chaude qui sentait la forêt. Esther resta un moment avec la jeune fille qui sombra bientôt dans un sommeil léthargique. Alors qu'elle se levait pour quitter la pièce, une ombre fila contre le mur, pareille à celle d'une souris géante, et se rencogna dans le coin de la pièce. Esther avança et dans la lumière qui filtrait par la porte, elle vit le deuxième être le plus pathétique qui lui avait été donné de voir cette nuit-là : une petite face mangée par la crasse et des dents qui débordaient de partout, bien trop grandes et trop nombreuses pour une si petite mâchoire. Esther n'aurait su dire si la créature qui se tenait ramassée comme une araignée morte était une fille ou un garçon, si elle était jeune ou âgée, si elle était inoffensive ou dangereuse et avant qu'elle ne s'en fasse une idée plus précise, elle avait fui par la porte. En quittant la pièce, Esther tendit la main pour reprendre le fusil posé contre le mur, puis se ravisa : elle n'en aurait pas besoin.

La vieille était assise près d'un feu orange et rouge qui flamboyait dans une immense cheminée. Elle se retourna à l'approche d'Esther et lui désigna une chaise du menton. Il sembla à la fillette être face à une autre femme que celle rencontrée quelques instants plus tôt : la lumière du feu aplanissait les creux et les rides de son visage et ses cheveux, libérés de son fichu et coiffés en une longue tresse, paraissaient à peine gris. La femme lui sourit et reporta son attention sur le paquet qui tétait son sein. Esther se demanda comment pouvait-il prendre le sein avec un tel trou dans la bouche, un trou en forme de serrure et qui montait jusqu'au nez. Pendant quelque temps, il n'y eut plus que le son du bois qui crépite et celui — joyeux et grossier — de la succion laborieuse du bébé.

— Il s'est endormi.

Son regard s'était perdu dans la danse du feu et la voix de la vieille qui n'en était peut-être pas une, la fit sursauter.

— Je vais le coucher, ensuite nous causerons.

Elle remit son corsage en place, se leva et plaça l'enfant dans un petit lit en bois garni de foin et d'une couverture. Il faisait le même bruit qu'un petit cochon.

Lorsqu'elle regagna sa chaise, la magie du feu n'opérait plus et les ravages du temps avaient refait surface sur son visage comme une eau ridée par le vent. Elle avait l'air vieille et d'une sorcière.

— Je suis heureuse que tu sois là. Je commence à être fatiguée.

Esther ne dit rien. Elle se sentait bien, à l'abri, en sécurité, sentiment qu'elle avait rarement expérimenté même avec sa grand-mère, même avec le fusil Dreyse, la tarte aux prunes et la cape rouge. Probablement à cause de tout cela en réalité. Dans l'inconnu de cette immense maison au fond des bois, avec cette sorcière qui en était certainement une, ces enfants difformes et sauvages… elle ne craignait rien.

— Va-t-elle mourir ?

— Ton amie ? Oui, probablement, elle a une infection ; je ne me suis pas donné la peine de lui faire un cataplasme, mais la boisson devrait soulager la douleur et la faire dormir. Elle t'est chère ?

Esther réfléchit dans le feu.

— Oui, c'est une sœur.

Elle se tourna vers la vieille, l'air angoissé :

— Et je ne sais pas ce que je vais devenir à présent.

La vieille la regarda intensément puis se pencha vers elle en souriant :

— Viens avec moi, je vais te montrer quelque chose, peut — être trouveras-tu réponse à ta question.

L'homme-loup était allongé sur une immense table de bois. Son corps était ouvert et des pans de peau retombaient de chaque côté comme les pages d'un livre. Même dans le repos de la mort, Esther voyait que son visage était anormalement déformé : un front énorme et des paupières très rapprochées, un menton étroit et long et des cheveux plantés comme des mauvaises herbes. Mais Madeleine avait eu raison, c'était un être humain, pas une créature de conte de fées.

— Piers est revenu mourir ici… Chez lui.

La vieille se tenait en retrait, dans le noir, mais Esther percevait nettement l'émotion dans sa voix.

— Je ne l'avais pas revu depuis cinq ans. Il n'a presque pas changé. La Forêt prend soin d'eux.

Esther fit le tour de la pièce qui ressemblait à une gigantesque caverne creusée dans la roche, éclairant avec une torche la table et les étagères encombrées de pots de différentes tailles. Certains, transparents, laissaient voir des morceaux de chair baignant dans un liquide jaune, la fillette n'aurait su dire s'ils venaient d'un homme ou d'un animal, mais elle crut reconnaître des doigts humains. Aux murs étaient peints des signes qu'elle n'avait jamais vus, mais qu'instinctivement, il lui semblait comprendre : empire, os, chant, lumière… À des crochets, étaient suspendus des bouquets de plantes séchées, des peaux d'animaux, des instruments coupants et d'autres de forme incongrue dont l'utilisation lui échappait. Dans un coin, trônait une cheminée imposante où bouillonnait une marmite au — dessus d'un feu qu'Esther imaginait sans cesse alimenté… Un feu de sorcière.

— La Forêt nous choisit, continua la vieille et sa voix était terreuse, comme sortie d'un trou rempli de vers, car Elle sait toujours qui il lui faut. Et tu as été choisie par la Forêt, comme moi avant toi et toutes les autres avant… depuis des temps immémoriaux. Nous sommes ses gardiennes.

Esther clignait des yeux dans sa direction et à chaque battement de paupières, les mots de la vieille semblaient lui dire quelque chose qu'elle avait toujours su. Elle désigna la table :

— Et eux ? Qui sont-ils ? Lui ? La gamine chez vous ? Le bébé ?

Pendant un moment, on n'entendit plus que le couvercle de la marmite se soulever et s'abaisser sous la force de l'ébullition.

— Les gens abandonnent leurs enfants dans la Forêt… parce qu'ils sont malades, parce que c'est une autre bouche à nourrir, parce que c'est une fille… Certains pensent même qu'ils font une offrande et les rares qui parviennent à retourner à leur vie misérable croient que ce sacrifice leur sera rendu, au centuple. Alors, ils ne comprennent pas les cauchemars qui viennent peu après les pénétrer la nuit dans leur sommeil, des rêves de forêts et d'enfants qui les dévorent. Ils pensent que c'est la culpabilité qui vient les visiter. Mais ils ont tort, la Forêt les dévore pour de vrai, Elle leur ronge le cerveau, jusqu'à ce qu'ils deviennent fous. Certains comprennent trop tard et reviennent en espérant retrouver leur enfant et apaiser la colère des Bois. Quelques-uns les retrouvent, mais les retrouvailles ne sont pas celles qu'ils espéraient… Cependant, ils ont raison sur une chose : lorsqu'ils viennent ici, il y a un sacrifice : eux…

Esther déglutit bruyamment, la torche au bout de son bras commençait à peser.

— C'est quoi votre rôle dans tout ça ? demanda-t-elle.

La vieille bougea dans le noir et Esther la vit émerger à côté du foyer. Elle souleva le couvercle avec un torchon et remua le contenu bouillonnant de la marmite.

— La Forêt est âgée, presque autant que le Monde ; elle a des besoins, des besoins de chair, de sang et d'âmes. Les enfants…

Elle hésita, le regard perdu dans les volutes de la potion.

— Les enfants… Nous nous assurons, en tant que gardiennes, que la Forêt a ce dont elle a besoin.

Elle se redressa et raffermit sa voix.

— Les enfants trouvent refuge dans cette maison, ils y trouvent affection et protection, parfois jusqu'à leur mort. Mais certains…

Sa voix tomba.

— Certains d'entre eux sont appelés, comme Piers, et je ne les revois plus ou que de loin en loin, à la nuit tombée.

Esther resta muette et la pénombre dans laquelle soudain la torche n'arrivait plus à se frayer un chemin, sembla l'engloutir tout entière. Elle souffla :

— Que deviennent-ils ?

La voix repartit, haute et claire, comme un soldat au garde-à-vous :

— Des guerriers. Ils servent la Forêt, ils apportent le sang du sacrifice et rétablissent l'équilibre. NOUS rétablissons l'équilibre. La justice des hommes n'existe pas. Ne le sais-tu pas ?

La question n'appelait aucune réponse.

— Si, bien sûr que si... répondit la vieille à la place d'Esther, presque distraitement... Sinon, tu ne serais pas là...

La vieille femme s'approcha de la table, reprit la torche des mains d'Esther et contempla Piers.

— Piers L'a servie jusqu'au bout et son sacrifice n'a pas été vain puisque tu es venue.

— Ma grand-mère, qui était bonne, a été sacrifiée, c'est ça le genre de justice que souhaite la Forêt ?

La voix de la gamine tremblait. La vieille soupira.

— Les gens innocents n'intéressent pas la Forêt.

Esther lui lança un regard noir. La vieille continua, d'une voix presque lasse.

— Crois-tu que ta grand-mère ne savait pas ?

La fillette la regarda et la haine lui fit retrousser les lèvres, sans qu'elle en ait conscience... La vieille continua sans baisser le regard.

— Elle savait et elle t'a laissée seule avec lui. Peu importe qu'elle ait prié tous les soirs dans sa petite cabane enfoncée dans le bois pour qu'il te laisse tranquille. Les prières ne servent à rien, seuls les actes comptent. C'est elle qui aurait dû se servir du fusil. Pas toi. La Forêt ne prend aucun innocent.

— Et les enfants, demanda la gamine hargneuse, au bord des larmes, les enfants abandonnés que vous engraissez à peine pour qu'Elle s'en serve ? Ne sont-ils pas innocents ?

La vieille répondit doucement :

— Ces enfants portent en eux une haine que je ne peux pas éteindre. La Forêt s'en sert. Mais les enfants aussi.

À présent, Esther pleurait, des larmes de rage qu'elle ne savait pas vers qui, vers quoi, diriger.

— Et vous ? Ça vous rapporte quoi ?

Elle sourit et il sembla à la jeune fille qu'une lumière perçait enfin l'obscurité dans laquelle elle se débattait depuis longtemps.

— La justice. Toi aussi, tu es un de ces enfants, n'est-ce pas ? Mais la haine n'a pas totalement consumé ton cœur et ton esprit. C'est pour ça que la Forêt t'a désignée. Les gardiennes vont là où les hommes ont besoin de se rappeler que leur justice ou celle ordonnée par le Dieu qu'ils ont inventé, n'a pas cours. Nous leur dévoilons une autre voie que celle que l'argent, le pouvoir ou ce qu'ils ont entre les cuisses leur montre. Une justice de chair et de sang.

Plus tard, dans la nuit, pour sceller ce dernier pas en direction de la Forêt obscure, il y eut une cérémonie durant laquelle la fillette répéta des mots inconnus que la vieille lui soufflait. À la fin, au moment d'abandonner son ancienne vie de petit Chaperon Rouge, elle fit couler son sang et l'enterra. Alors, au loin les Anges hurlèrent leur allégeance.

# Épilogue :

L'enfant et Madeleine moururent le même jour. L'infection avait fini par emporter la jeune femme. À la toute fin, Madeleine voyait Jodie dans un coin de la pièce rire et applaudir comme au spectacle de marionnettes. Elle pleura aussi, ce qu'elle n'avait pas fait depuis des années, mais ce n'était pas d'être face à la mort qu'elle pleurait, c'était de mourir en n'ayant pas su tenir tête à son ogre personnel : sa condition, monstre polymorphe et impitoyable, qu'elle avait tenté de combattre depuis toujours, depuis qu'elle avait compris à quelle place on voulait la faire asseoir de force à la table de l'Existence, derrière des airs sarcastiques, un corps insolent et un cœur cuirassé. Mais elle n'était pas une sorcière, elle ne l'avait jamais été… Elle fit promettre à Esther de ne plus approcher son père et de ne devenir la marionnette de personne. Esther eut le temps de lui dire qu'elle était désormais à l'abri dans cette maison, qu'il n'y avait plus à se soucier pour elle et que ce qu'on avait fait à sa mère ne resterait pas impuni. Mais la fillette n'eut pas l'occasion de lui révéler qu'aucun sentier n'allait au-delà de la forêt et qu'elles n'auraient jamais atteint Maraval, tous les chemins menaient à la grande maison, si tant est qu'on pouvait y arriver en vie, car Madeleine avait eu tort sur un autre point aussi : les Anges existaient bien — même s'ils ne s'appelaient pas ainsi — et ils avaient toujours faim.

Esther revint au village avec une potion que la vieille lui avait appris à concocter spécialement pour l'occasion : son père serait conscient, mais ne pourrait pas réagir. Elle était retournée à la cabane reprendre sa cape et ses rubans, car c'est comme ça qu'il la préférait ; cela lui ferait oublier les poils qui commençaient à pousser entre ses cuisses et sous les bras et qui le dégoûtaient ; vêtue ainsi, elle lui faisait toujours de l'effet. Elle avait décidé que sa mère vivrait. Mais pas très bien. La potion qu'elle avait versée dans son verre devait lui faire tomber les cheveux et sa peau se recouvrirait de pustules. Elle aurait du mal à retrouver un homme après ça, même dans sa chemise de nuit de pute. Cette potion, Esther ne s'était pas donné la peine de la fabriquer, sa mère n'en valait pas la peine, non plus que son frère qu'elle avait simplement lardé de coups de couteau, laissé vider de son sang au bord de la rivière derrière la maison, sans avoir cherché à camoufler le corps. Et aussi, elle l'avait émasculé… et jeté le bout aux cochons. Du cochon pour les cochons.

Quand sa mère commença à se sentir mal et qu'elle supplia sa fille d'aller mander son père, Esther ne fit même pas semblant de vouloir l'aider. Au lieu de quoi, elle la regarda se traîner jusqu'à son lit puis tourna les talons. Dans sa chambre sous les toits, elle s'assit sur son lit. Il ne devait pas être loin de midi, son père n'allait pas tarder. La chaleur le chasserait des terres familiales — qui se résumaient à deux champs de pommes de terre et un de betterave, une prairie où pâturaient des moutons, louée à prix d'or à des paysans du nord — et qu'il parcourait chaque matin à longues enjambées comme s'il était le seigneur d'un château et non le maire d'une motte de terre. Quand elle l'entendrait arriver, lourd de ses bottes crottées, elle s'aspergerait les yeux d'eau, se pincerait la peau du nez jusqu'à ce qu'elle rougisse et prendrait l'air affolé. Elle pensa, avec un sourire crispé, qu'il n'aurait peut-être pas le temps d'avoir le regard qu'il lui réservait chaque fois qu'il croisait le sien : aigu et fiévreux comme celui d'un chasseur le doigt sur la détente. Ses mains caressèrent distraitement la courtepointe que sa grand-mère avait brodée pour elle. Cette chambre, éloignée de toutes les autres dans la maison, ne laissait entendre aucun bruit… un parfait repaire pour les loups. Elle la détestait. Elle devait probablement être la seule enfant du village — et des villages alentour — avec son frère à posséder sa propre chambre, mais elle, depuis toujours, enviait ces fratries qui dormaient les unes sur les autres dans une seule pièce, comme une portée de chatons dans un seau. Parce qu'ils pouvaient être une armée. Elle, elle avait été seule. Seule et sans défense. Jusqu'à Madeleine…

Autour d'elle, des poupées en bois, beaucoup, attendaient dans la pénombre, affublées de dentelle et de rubans de satin, leurs grands yeux peints, fixes et froids et leurs lèvres closes. Après chaque visite de son père, la fillette imaginait ces putes chuchoter dans son dos, l'accuser d'avoir été d'accord. Elle tendit la main vers le noir et en saisit une qui avait les cheveux couleur marronnasse – comme les siens –, des yeux écarquillés, une bouche souriante comme si tout était source d'étonnement ravi et une petite cape rouge cousue… probablement celle qu'elle détestait le plus. Elle avait arrêté de jouer à la poupée quand il avait commencé à jouer avec elle : elle partait dehors, trouvait un arbre et y restait la journée entière, à se raconter les histoires d'une autre vie, d'une autre famille… À sept ans, elle commença ses premières allées et venues dans la forêt quand elle réalisa que son père n'y venait jamais, ni chasser ni rendre visite à mère. Avec le bout de son ongle, elle gratta la peinture du visage qui s'écailla facilement, elle gratta jusqu'à ce que l'air ahuri de la poupée – qui devait ressembler au sien quand elle avait senti pour la première fois le doigt épais de son père fouiller sa chair tendre – et son sourire s'effacent. Elle allait disparaître aussi. Après.

Elle avait hâte de retrouver la grande maison dans les bois, hâte de continuer son apprentissage auprès de la vieille – il y avait des choses dans les bocaux qu'elle était impatiente d'utiliser –, hâte de revoir les enfants perdus – ses frères et sœurs d'armes –, et l'excitation sur leur visage quand ils verraient ce qu'elle avait laissé pour eux dans la cabane.

La fillette entendit la lourde porte du bas s'ouvrir. Elle reposa la poupée Petit Chaperon Rouge, défit un de ses rubans, mouilla ses yeux et se mit à faire trembler ses lèvres. Elle serait parfaite. Et une parfaite gardienne. Elle s'assurerait que la Forêt ait toujours à manger.

## Notes de l'auteur :

L'histoire de Gogolita, était au départ une commande : un ancien élève m'a demandé d'écrire une histoire sur son collège, le Gérard Yvon de Vendôme, en passe d'être démoli pour être remplacé par, je cite « un programme mixte d'équipement, de services, de commerces et d'habitation ». J'avais des photos à ma disposition que je n'ai pas vraiment utilisées – désolée ! – , la force des souvenirs de mon propre collège étant bien plus implacable… !
Je suppose que la rue de la Merci – non plus que la rue du Clos – n'existent pas à Vendôme, mais je sais qu'elles existent bien ailleurs donc…
Il se peut aussi que j'ai inventé certaines choses complètement farfelues et qui n'auront pas échappé aux personnes les plus sagaces d'entre vous, mais il faudra être indulgent, car ce n'est que pour la beauté de l'histoire et du mot, et seulement pour ça !
J'espère que vous avez pris autant de plaisir à lire ces nouvelles que moi à les écrire.
À bientôt.

L.D

## Dans la même collection

Épilogue selon Marguerite — Anne Bert — 2014
Ball-Trap à Paddington street — Frédéric Bessat - 2014
L'incroyable destinée du vieil Oldstone — F. Bessat — 2014
Ferme la porte en sortant — Thérèse André-Abdelaziz — 2014
La vie en bleu — Jean-François Thiery — 2014
Le blues du funambule — Muriel Mourgue — 2015
La chair et le néant — Sylvain Lapo — 2015
La stratégie du perroquet — Christine Antheaume — 2015
L'habit de sang — Béatrice Couturier — 2015
La Dame des brumes — Patrice Woolley — 2015
Une passion française — Nathan Saint-Cames — 2016
Le hurlement de la chair — Matthieu Becker — 2016
La mutité des sentiments — Matthieu Becker — 2016
L'Ivre mort — Alain Bourmaud — 2016
Secrets, mensonges et trahison — Éric Thévenot — 2016
Au nom de Sarah — Armel Veilhan — 2016
Brouillards à l'encre fraîche — Jean-François Rottier — 2016
Bhoutan — Monique Plantier — 2017
Secret de famille — Jean-François Rottier — 2017
Pèlerinage en eaux troubles — Michel Dessaigne — 2017
Les incestueux — Jean-Paul Lebel — 2017
Le Noël de Jeanne — Dominique Bailly — 2017
La porte condamnée — Max Alhau & Michel Lamart — 2017
En corps présent — Jean-François Dietrich — 2017
Loin dans le temps — Jean-Luc Emmanuel Chassard — 2018
Entre-temps - Anne Le Roy - 2018
Green Man — Pierre Athanaze - 2018
Histoires courtes pour personnes raccourcies — Véronique Cohu 2018
Le trou des parpaillots — Michel Pontoire — 2018
Ruptures — Madeleine Zimmermann-Munsch — 2018
Le 4x4 — Mireille Maquoi — 2018
Compte à rebours pour Monsieur X — Jacques Papin — 2018
L'or du sphinx — Gérard Poteau — 2018

Treize en Amérique — Patrick Morel — 2018
Un puissant murmure — Suzanne Max — 2018
Le monde selon Flambeau — Claude Dantan — 2018
La cage — Michel Beuvens — 2018
À la frontière — Cendrine Bertani — 2018
36 chandelles — Alain Fontaine — 2018
Des nouvelles de la mer — Guillaume Lefebvre — 2018
Une semaine entre deux dimanches — Philippe Lebeau — 2018
Le chemin de traverse — Elsa Bariau — 2018
Les pleurs du corbeau — Michel Dessaigne — 2018
L'enfant de minuit — Emmanuel de Toma — 2018
Le démon de la cinquantaine — Rémy Lasource — 2019
Ne m'attends pas, mange pendant que c'est chaud — Pierre Morvilliers — 2019
La mort de l'albatros — Chantal Vidil — 2019
Du Blues dans la nuit — Daniel Angot — 2019
Oscar, Gustave et L'Urinoir — Isabelle Richard — 2019
Belle de vie — Sarah Poulain — 2019
Jean-Christophe et cætera… — Michel J. Clerc - 2019
L'Amour sur le vif — Valéry G. Coquant — 2019
L'été prochain sous les sycomores — Marie Allain — 2019
Le temps du trajet — Philippe Lebeau — 2019
Babylove — Mireille Maquoi — 2019
En mon âme égarée — Richard Molne — 2019
Goût d'étoile — Alfred Nasewicz — 2019
Un parfum pour l'éternité — Guy Servranckx — 2019
Juste un petit break — Carole Meudic — 2019
Les Petits Vieux dans l'Arbre — Dominique Dejob — 2019
Les Effacements — Jean-François Dietrich — 2020
Borderline — Sarah Poulain — 2020
Sur un air d'ocarina - Pascal de Pablo - 2020
Elephant Murder — Michel Dessaigne — 2020
Le facteur de la mort — Bernard Loesel — 2020
Le jeu des astres — Céline Heydel — 2020
Gens de la Gravelle — Michel Pontoire — 2020
Retour à La Paz — Jean-Luc Emmanuel Chassard — 2020
Marcel et le Cadre Noir — Jacques Papin — 2020
Beau, beau et pas con - Daniel Angot — 2020
Désirs toxiques — Bernard Loesel — 2020
Sur le fil — Dominique Dejob — 2020
Fuir encore — Patricia Roumy — 2020

Finitude, ou Marie le temps s'en va — Catherine Pellié — 2020
Elisabeth a disparu — Michèle Labidoire — 2021
La parenthèse — Olivier Voisin — 2021
Le juste grain du parfum — Claude Couliou — 2021
Papy Sitting — Carole Meudic — 2021

Cet ouvrage a été mis en page par Ex Æquo.

**Laure Decourchelle**

# FRACTURES

Nouvelles

ISBN : 979-10-388-0160-8
Collection : Blanche
ISSN : 2416-4259
Dépôt Légal : juin 2021



Éditions Ex Æquo
6 rue des Sybilles
88370 Plombières Les Bains
www.editions-exæquo.com

Ce livre a été imprimé en France par l'imprimerie ICN à Orthez (64300) sur des papiers français et dans le respect des règles environnementales.